거울 나라의 앨리스

THROUGH THE LOOKING-GLASS

루이스 캐럴 지음
최인자 옮김

현대문학

| 차례 |

하얀 졸(앨리스)이 11수 만에 이기는 법

붉은색

흰색

1. 앨리스, 붉은 여왕을 만나다
2. 앨리스, (기차를 타고) 여왕의 줄 세 번째 칸에서 여왕의 줄 네 번째 칸으로 이동(트위들덤과 트위들디)
3. 앨리스, 하얀 여왕(숄을 걸친)을 만나다
4. 앨리스, 여왕의 줄 다섯 번째 칸으로 이동(가게, 강, 가게)
5. 앨리스, 여왕의 줄 여섯 번째 칸으로 이동(험프티 덤프티)
6. 앨리스, 여왕의 줄 일곱 번째 칸으로 이동(숲)
7. 하얀 기사가 붉은 기사를 잡다
8. 앨리스, 여왕의 줄 여덟 번째 칸으로 이동(대관식)
9. 앨리스, 여왕이 되다
10. 앨리스, 캐슬링(연회)
11. 앨리스, 붉은 여왕을 잡고 이기다

1. 붉은 여왕, 왕쪽 성장 줄의 네 번째 칸으로 이동
2. 하얀 여왕, 여왕쪽 승정 줄의 네 번째 칸으로 이동(숄을 쫓아서)
3. 하얀 여왕, 여왕쪽 승정 줄의 다섯 번째 칸으로 이동(양이 되다)
4. 하얀 여왕, 왕쪽 승정 줄의 여덟 번째 칸으로 이동(선반에 달걀을 남겨두다)
5. 하얀 여왕, 여왕쪽 승정의 여덟 번째 칸으로 이동(붉은 기사칸에서 날아감)
6. 붉은 기사, 왕줄 두 번째 칸으로 이동
7. 하얀 기사, 왕쪽 승정 줄의 다섯 번째 칸으로 이동
8. 붉은 여왕, 왕의 칸으로 이동(시험)
9. 여왕들, 캐슬링
10. 하얀 여왕이 여왕쪽 성장 줄 여섯 번째 칸으로 이동(스프)

순수하고 환한 이마와
경이를 꿈꾸는 눈동자를 지닌 이여!
비록 시간이 흐르고, 나와 그대가
인생의 반으로 갈라지더라도,
그대의 사랑스러운 미소는
동화 속의 사랑-선물을 찬미하리라.

나는 그대의 빛나는 얼굴도 보지 못했고
그대의 은구슬 같은 웃음도 듣지 못했네.
그대 어린 인생의 미래에
내 자리가 있으리라고는 생각하지도 않았다네.
지금 그대가 내 동화에
귀 기울여 주는 것으로 만족할 뿐.

여름의 태양이 뜨겁게 타오르던
지난날, 이 이야기는 시작되었지.
우리의 노젓기에 박자를 맞추던
소박한 종소리.
그 소리가 아직도 기억 속에 쟁쟁하네.
비록 시샘 많은 세월은 '잊으라' 고 말하지만.

그러므로 어서 와서 들으렴.

가혹한 세월에 시달린 두려움의 목소리가

그대를 반갑지 않은 침상으로 부르기 전에.

우울한 아가씨여!

우리는 단지 임종의 시간이 가까운 것을 알고 초조해하는

좀더 나이 든 어린아이들일 뿐.

집 밖에는 눈앞을 가리는 눈과 서리,

폭풍의 우울한 광기 -

집 안에는 벽난로 불빛의 빨간 열기와

어린 시절 보금자리의 즐거움.

마법의 말들이 순식간에 그대를 사로잡으리.

그대는 미쳐 날뛰는 돌풍을 알아채지 못하리라.

비록 이야기 속에서

한숨의 그림자가 가냘프게 떨릴지 모르지만.

'행복한 여름날' 은 지나갔기에,

여름날의 영광은 사라졌기에-

하지만 고통의 한숨도

우리 이야기의 즐거움을 시들게 하지는 못하리라.

제1장

거울 집

Looking-Glass House

하나는 확실했다. 그 하얀 새끼고양이는 그것과 아무런 관계가 없었다. 그것은 순전히 검은 새끼고양이의 잘못이었다. 하얀 새끼고양이는 벌써 20분 전부터 어미고양이가 얼굴을 닦아주는 대로 가만히 있었다. (그리고 새끼고양이는 꽤 참을성 있게 굴고 있었다.) 따라서 어떤 잘못을 저지를 틈이 없었다.

다이나가 자기 새끼의 얼굴을 닦아주는 방식은 이랬다. 먼저 한쪽 앞발로 가엾은 새끼고양이의 귀를 잡아 누르고, 그런 다음 다른 쪽 앞발로 새끼고양이의 얼굴 전체를 코에서부터 마구 문질렀다. 바로 지금도, 말했듯이 다이나는 새끼고양이를 닦아주는 데 열중하고 있었고, 하얀 새끼고양이는 꼼짝 않고 누워서 목에서 가르랑 소리를 쥐어짜고 있었다. 이것은 하얀 새끼고양이가 착하다는 명백한 증거였다.

그러나 검은 새끼고양이는 오후에 일찌감치 세수를 끝낸 상태였다. 그래서 앨리스가 커다란 팔걸이 의자에 웅크리고 앉아서 혼자 중얼거리다가 또 졸다가 하면서 감고 있던 털실 뭉치를 가지고 심한 장난을 쳤다. 그 녀석은 털실을 이리저리 굴리다가 마침내 완전히 풀어놓고 말았다. 그러고는 털실을 온통 헝클어놓은 난로 깔개 한가운데에서 자기 꼬리를 잡으려고 빙빙 돌고 있었다.

"어머, 넌 정말 못된 장난꾸러기로구나!"

잘못을 깨닫게 하려고, 앨리스는 새끼고양이를 잡아서 살짝 입을 맞추며 나무랐다.

"다이나가 너에게 예의범절을 가르쳤어야 했는데. 얘, 다이나, 정말 네가 잘못한 거야!"

앨리스는 어미고양이를 꾸짖듯이 바라보며, 되도록 언짢은 말투로 나무랐다. 그런 다음 앨리스는 새끼고양이와 헝클어진 털실 꾸러미를 안고 팔걸이 의자로 돌아와서 다시 털실을 감기 시작했다. 그러나 가끔은 고양이에게, 또 가끔은 혼잣말을 내내 중얼거렸기 때문에 실을 감는 속도가 더딜 수밖에 없었다. 고양이는 앨리스의 무릎에 새침하게 앉아서 실이 감기는 것을 구경하는 척하며, 때때로 도와주고 싶다는 듯이 앞발을 내밀어서 털실 뭉치를 슬쩍 건드렸다.

"내일이 무슨 날인지 아니, 키티야? 나와 함께 창 앞에 있었으면 알았을 텐데, 마침 다이나가 너를 닦아주고 있던 때라서 그럴 수가 없었지. 나는 남자 아이들이 모닥불에 나뭇가지들을 던지는 것을 보고 있었어. 모닥불을 피우려면 나뭇가지들이 많이 필요하거든. 하지만 날씨가 너무 추워지고 눈이 너무 많이 와서 아이들은 집으로 돌아갔단다. 속상해하지 마, 키티야, 내일 모닥불을 보러 가자꾸나."

그리고 앨리스는 털실이 어울리는지 보려고 고양이의 목에 털실을 두세 바퀴 감아보았다. 그러다가 털실을 마룻바닥으로 떨어뜨렸고, 털실은 다시 2~3미터쯤 굴러갔다.

"내가 얼마나 화가 났는지 아니, 키티."

다시 의자에 돌아와서 앉자마자, 앨리스는 계속 중얼거렸다.

"네가 저질러놓은 짓을 보았을 때, 정말이지 창문을 열고 너를 눈 오는 바깥으로 내쫓고 싶었어! 넌 벌을 받아야 해, 요 작은 장난꾸러기야! 혼자 뭐라고 중얼거리니? 입 다물고 들어!"

앨리스는 계속 말하며 손가락

하나를 세웠다.

"네가 저지른 잘못을 모두 말해 줄게, 잘 들어. 첫번째, 오늘 아침에 다이나가 네 얼굴을 닦아주는 동안 너는 두 번이나 낑낑거렸어. 아니라고는 말할 수 없겠지, 키티. 뭐라구! 어쨌다고?"

(키티가 계속 말을 하는 것처럼 보였다.)

"다이나 앞발이 네 눈을 찔렀다고? 어머, 그건 네 잘못이지. 눈을 뜨고 있어서 그래. 눈을 꼭 감고 있었으면, 괜찮았을 거야. 이제 변명하지 말고, 잘 들어! 두 번째 잘못. 내가 스노드롭 앞에 우유 접시를 내려놓으니까 스노드롭 꼬리를 물고 잡아당겼지! 뭐라고, 목이 말랐었다고? 그럼 스노드롭은 목이 마르지 않았겠니? 마지막으로 세 번째 잘못. 너는 내가 보지 않을 때마다 털실을 계속 풀어놨지!"

"그게 네가 저지른 세 가지 잘못이야, 키티. 그런데 넌 아직 벌을 하나도 받지 않았어. 다음주 수요일까지 네가 받아야 할 벌을 모두 모아둘 거야. 사람들이 내 잘못에 대한 벌을 모두 모아두면 어떻게 될까?"

이제 앨리스는 새끼고양이가 아니라 자신을 향해 중얼거리고 있었다.

"연말에 무슨 일이 생길까? 난 감옥에 가야 될 거야. 그날이 왔는데, 벌이 잘못 하나마다 저녁을 한 끼 굶는 거라고 생각해봐. 그러면, 그 끔찍한 날이 오면, 나는 한꺼번에 저녁을 50끼나 굶어야 되겠지! 음, 그건 괜찮아! 50끼나 먹어야 되는 것보다 굶는 게 훨씬 더 나으니까 말이야!"

"키티, 눈이 창틀에 부딪히는 소리가 들리니? 참 듣기 좋은 소리야! 마치 누가 밖에서 창문 여기저기에 입을 맞추는 것 같아. 눈이 나무와 들판을 사랑해서, 그렇게 부드럽게 입을 맞추는 게 아닐까? 그런 다음 새하얀 누비이불처럼 포근하게 덮어주는 거야. 어쩌면 '잘 자라, 얘들아. 여름이 다시 올 때까지.' 이렇게 말을 하는지도 모르지. 키티, 그러다가 여름이 오면 나무와 들판은 온통 초록빛으로 물들고 바람이 불 때마다 춤을 추는 거야. 아아, 그럼 얼마나 예쁠까!"

앨리스는 저도 모르게 박수를 치면서 털실 뭉치를 떨어뜨렸다.

"진짜 그런 거라면 좋겠다! 나뭇잎들이 갈색으로 변하는 가을엔 숲이 꾸벅꾸벅 조는 게 틀림없어."

"키티야, 우리 체스 둘까? 웃지 마, 나는 진지하게 묻는 거야. 우리가 체스를 두고 있으면, 마치 다 아는 것처럼 지켜봤잖니. 그리고 내가 '장군!'을 부르면 넌 목을 가르랑거렸잖아! 음, 그건 멋진 장군이었어, 키티. 정말로 이길 수도 있었는데. 그 비열한 기사가 내 말들 사이에서 몰래 기어나오지만 않았어도 말이야. 키티, 우리 상상해보자."

그런데 내가 앨리스가 즐겨 쓰는 "상상해보자"라는 말 다음에 계속 이어가곤 하는 이야기들을 절반이나마 옮길 수 있었으면 좋겠다. 어제 앨리스는 언니와 상당히 긴 말다툼을 했다. 앨리스가 "우리가 왕과 여왕들이라고 상상해보자"라고 말한 것이 원인이었다. 정확한 것을 좋아하는 언니는 둘밖에 없는데 그렇게 할 수는 없다고 주장했고, 앨리스는 결국 "그럼 언니가 왕이든 여왕이든 하고, 내가 나머지 모두의 역할을 할게"라고 물러섰다. 앨리스는 나이 든 유모의 귀에 대고 갑자기 "유모! 내가 배고픈 하이에나이고, 유모가 뼈다귀라고 상상해봐요"라고 소리를 질러서 유모를 기겁하게 만든 적도 있었다.

그러나 이젠 앨리스가 고양이에게 하는 이야기에 다시 귀를 기울여보자.

"네가 붉은 말의 여왕이라고 상상하는 거야, 키티! 허리를 펴고 앉아서 팔짱을 끼면 꼭 그렇게 보일 거야. 자, 이제 해봐, 이렇게!"

그리고 앨리스는 탁자 위에서 붉은 말의 여왕을 집어서 흉내내기 쉽도록 키티 앞에 놓아주었다. 그렇지만 앨리스는 성공하지 못했다. 우선 고양이가 팔짱을 끼려고 하지 않았다. 그래서 벌을 주려고, 앨리스는 거울 앞으로 고양이를 들어올려서 자신이 얼마나 화가 났는지 보도록 했다.

"똑바로 하지 않으면, 너를 거울 속의 집에 집어넣을 거야. 그러면 좋겠니?"

"자, 얌전히 잠자코 있으면, 내가 거울 속의 집에 대해서 상상한 것들을 모두 말해줄게. 저긴 물건들이 반대로 있는 것만 빼면 우리 집 거실하고 아주 똑같단다. 의자 위에 올라서면 저 안을 볼 수가 있어. 벽난로 뒤만 빼고 말이야. 아아! 벽난로 뒤를 볼 수 있다면 얼마나 좋을까! 겨울에 저 난로에 진짜로 불을 피우는지 어떤지 너무 궁

금해. 하지만 우리 벽난로에 불을 피우지 않는 한, 도무지 알 수가 있어야지. 우리 난로에 불을 피우면 저 방의 난로에서도 연기가 피어오르지만, 그건 불을 피운 것처럼 보이려는 속임수인지 모르잖아. 그리고 말이야, 저 책들은 글자가 반대로 쓰여 있는 것만 빼면 우리 책들과 비슷하단다. 내가 책을 한 권 들고 거울 앞에 서면, 저 방에서도 책을 들고 서기 때문에 그걸 알 수가 있어."

"거울 속의 집에서 살면 어떨 것 같아, 키티? 저기에서도 너에게 우유를 줄까? 어쩌면 거울 속의 우유는 먹을 수 없는 것인지도 몰라. 하지만, 어머, 키티! 복도가 보인다. 우리 거실 문을 활짝 열어두면 거울 속 집의 복도가 살짝 보인단다. 우리 복도랑 무척 비슷하지. 하지만 저 너머는 완전히 다를 수도 있어. 아, 키티야, 우리가 거울 속 집으로 들어갈 수만 있다면 얼마나 좋겠니! 분명히 저 안에는 무척 아름다운 것들이 있을 거야! 그래, 키티, 저 안으로 들어가는 길이 있다고 상상해보자. 유리가 아주 얇은 천처럼 부드러워서 우리가 통과할 수 있다고 상상을 하는 거야. 어머나, 거울이 안개 같은 것처럼 변하잖아! 쉽게 통과할 수 있을 것 같아."

이렇게 말하면서 앨리스는 어떻게 기어 올라갔는지도 모르게 어느새 굴뚝 선반 위로 올라갔다. 확실히 거울이 흐물흐물 녹고 있었다. 이제 거울은 마치 반짝반짝 빛나는 은빛 안개처럼 보였다.

다음 순간 앨리스는 거울을 통과해서 거울 속의 방 안으로 사뿐 뛰어내렸다. 제일 먼저 앨리스는 벽난로의 불을 살폈다. 그리고 거

울 속의 벽난로가 뒤에 두고 온 벽난로만큼이나 이글이글 환하게 타오르는 진짜 불임을 확인하고는 무척 기뻐했다.

"그럼 여기에서도 따듯하게 있을 수가 있어."

앨리스는 생각했다.

"사실, 여기가 더 따듯해. 불 가까이 가지 말라고 야단치는 사람이 없어서 말이야. 어머, 정말 재미있겠다. 사람들이 내가 거울 속에 있는 걸 보면 말이야. 그래도 나를 잡지는 못하겠지!"

그런 다음 앨리스는 주위를 둘러보기 시작했다. 그리고 원래 방에서 거울을 통해 보였던 것들은 평범하지만, 보이지 않던 나머지 것들은 무척 다르다는 것을 깨달았다. 예를 들어서, 벽난로 옆쪽의 벽에 걸려 있는 그림들은 모두 살아 있는 것처럼 보였고, 굴뚝 선반 위의 시계에는(물론 원래 방에서 거울로 볼 때에는 시계의 뒷부분만 보였다) 작은 노인의 얼굴이 있었다. 노인이 앨리스를 보고 히죽 웃었다.

"저쪽 방하고 다르게 이 방은 정돈을 하지 않았네."

여러 개의 체스 말들이 난로 재 속에 떨어져 있는 것을 보고, 앨리스는 생각했다. 그러나 곧 앨리스는 깜짝 놀라며 "어머!" 하고 작게 소리쳤다. 그리고 앨리스는 바닥에 엎드려서 체스 말들을 바라보았다. 체스 말들이 둘씩 짝을 지어서 걷고 있었다.

"붉은 말의 왕과 붉은 말의 여왕이야."

앨리스는 (그들이 놀랄까봐, 속삭이듯이 낮은 목소리로) 말했다.

"하얀 말의 왕과 하얀 말의 여왕은 삽 가장자리에 앉아 있고……

두 개의 성장은 서로 팔짱을 낀 채 걷고 있잖아……. 그런데 내 말이 들리지 않나봐."

머리를 좀더 아래로 수그리면서, 앨리스는 계속 중얼거렸다.

"그리고 나를 보지도 못하는 것 같아. 마치 내가 투명 인간이 된 기분이야."

이때 앨리스 뒤쪽의 탁자 위에서 무언가가 낑낑 소리를 내기 시작했다. 홱 고개를 돌린 앨리스는 하얀 말의 졸이 뒹굴면서 발버둥치는 모습을 보았다. 호기심을 느낀 앨리스는 다음에 벌어질 일을 기대하며 졸을 지켜보았다.

"이건 내 아기 울음소리야!"

하얀 말의 여왕이 울부짖으면서 급하게 왕을 지나쳐서 달려갔다.

그 바람에 왕은 재 속으로 넘어지고 말았다.

"내 소중한 아기, 릴리! 내 황실 새끼고양이!"

여왕은 벽난로의 불똥막이 쇠창살의 한쪽을 급히 기어 올라가기 시작했다.

"내 황실 바이올린 활!"

넘어질 때 다친 코를 문지르면서 왕이 말했다. 여왕 때문에 머리부터 발끝까지 재를 뒤집어썼으므로 왕이 화를 내는 것은 당연했다.

앨리스는 도움을 주고 싶었다. 그리고 가엾은 작은 릴리가 거의 발작하듯이 울었기 때문에 급히 여왕을 집어서 시끄럽게 울어대는 작은딸 옆에 내려놓았다.

여왕은 숨을 멈추고, 털썩 주저앉았다. 눈 깜짝할 사이에 허공을 이동한 것에 너무 놀라서 숨쉬는 것까지 잊어버린 듯했다. 여왕은 몇 분 동안 말없이 작은 릴리를 꼭 끌어안고만 있었다. 조금 진정이 되자마자, 여왕은 재 속에 부루퉁하게 앉아 있는 왕에게 소리쳤다.

"화산 폭발을 조심해요!"

"무슨 화산?"

왕은 반문하며, 그나마 화산과 가장 비슷하다고 생각했는지, 난로를 조심스럽게 올려다보았다.

"나를, 나를…… 날려버렸어요."

아직도 놀란 숨을 헐떡거리면서 여왕이 말했다.

"올라오세요, 정상적인 방법으로요……. 날아오지 말고요!"

앨리스는 하얀 왕이 느릿느릿 힘들게 쇠창살을 기어올라가는 것을 지켜보다가 참지 못하고 말했다.

"아유, 그렇게 가다가는 몇 시간이 지나도 모자라겠어요. 내가 당신을 도와주는 게 훨씬 낫겠어요, 안 그래요?"

그러나 왕은 앨리스의 제안을 못 들은 것 같았다. 왕이 앨리스의 말을 듣지도, 앨리스의 모습을 보지도 못하는 것이 확실했다.

그래서 앨리스는 왕을 부드럽게 집어서, 왕이 놀라지 않도록, 여왕을 올릴 때보다 조금 천천히 위로 올렸다. 그러나 왕을 탁자에 내려놓기 전에, 앨리스는 재를 뒤집어쓴 왕을 조금 털어주어야겠다고 생각했다.

나중에 앨리스는 보이지 않는 손이 공중에서 왕을 들어올렸을 때, 그리고 재를 털어주고 있다는 것을 알았을 때 왕이 지은 표정은 평생 처음 보는 것이었다고 말했다. 왕은 너무나 놀라서 소리조차 지르지 못했다. 단지 두 눈과 입만 점점 더 동그랗게 커졌다. 그 얼굴을 보고 웃느라고 하마터면 앨리스는 왕을 마룻바닥에 떨어뜨릴 뻔했다.

"어머나! 제발 그런 표정 좀 짓지 말아요!"

앨리스는 왕이 듣지 못한다는 것을 까맣게 잊어버리고 큰 소리로 말했다.

"당신 때문에 웃겨서 당신을 잡고 있기가 힘들잖아요! 입 좀 다물어요! 재가 전부 입 속으로 들어가겠어요. 자, 이제 깨끗해진 것 같네요!"

왕의 머리칼을 매만져주며 이렇게 말하고, 앨리스는 왕을 여왕 옆에 내려놓았다.

그런데 손에서 놓자마자, 왕은 벌렁 쓰러져서 꼼짝도 하지 않았다. 앨리스는 자신 때문에 벌어진 일이 걱정스러워서, 물이라도 끼얹어주려고 물을 찾아서 방을 빙빙 돌았다. 그렇지만 잉크 한 병밖에는 아무것도 찾을 수가 없었다. 잉크병을 갖고 돌아온 앨리스는 왕이 정신을 차려서 왕비와 함께 겁에 질린 목소리로 속삭이고 있는 것을 보았다. 너무 작은 소리라서 앨리스는 그들이 하는 말을 간신히 알아들을 수가 있었다.

왕이 속삭였다.

"여보, 난 너무 놀라서 수염끝까지 얼어붙어버렸다오!"

그러자 여왕이 대꾸했다.

"당신은 수염이라곤 없잖아요."

"그 순간의 공포란."

왕은 말을 이었다.

"죽어도, 죽어도 잊을 수가 없을 거요!"

"그래도 당신은 잊을 걸요, 기록을 해두지 않으면 말이에요."

여왕이 말했다.

앨리스는 왕이 호주머니에서 커다란 기록장을 꺼내서 글을 쓰기 시작하는 것을 흥미진진하게 지켜보았다. 불쑥 장난을 치고 싶어진 앨리스는 연필 끝을 잡고 왕 대신 글을 쓰기 시작했다.

불쌍한 왕은 어리둥절하고 불쌍한 표정으로, 얼마 동안 아무 말 없이 연필을 잡고 끙끙 애를 썼다. 그러나 앨리스의 힘이 너무 강했다. 마침내 왕은 숨을 헐떡거리며 말했다.

"여보! 좀 가는 연필이 있어야만 되겠소. 이 연필은 조금도 움직일 수가 없구려. 이게 내가 의도하지 않은 것들을 쓰고 있지 뭐요."

"뭘 썼는데요?"

여왕은 기록장을 살폈다. (거기에 앨리스는 "하얀 말의 기사가 부지깽이를 타고 내려온다. 그는 심하게 균형을 못 잡는다"라고 썼다.)

"이건 당신의 느낌을 적은 게 아니잖아요!"

탁자 위 앨리스 쪽으로 책이 한 권 놓여 있었다. 앨리스는 앉아서 하얀 왕을 지켜보는 한편 자신이 읽을 수 있는 부분이 있는지 찾으려고 책장을 넘겼다.

"온통 내가 모르는 언어네."

앨리스는 혼자 중얼거렸다.

책에는 이런 식의 글이 쓰여 있었다.

재버워키

지글녁, 유끈한 토브들이

사이넘길 한쪽을 발로 빙돌고 윙뚫고 있었네.

보로고브들은 너무나 밈지했네.

몸 레스들은 꽥꽥 울불었네.

얼마 동안 어리둥절했지만, 마침내 앨리스는 재치 있는 생각을 해냈다.

"그래, 이건 거울책이잖아! 거울에 비추어보면, 글자들이 제자리로 갈 거야."

그렇게 해서 앨리스가 읽은 것은 한 편의 시였다.

재버워키

지글녁, 유끈한 토브들이

사이넘길 한쪽을 발로 빙돌고 윙뚫고 있었네.

보로고브들은 너무나 밈지했네.

몸 레스들은 꽥꽥 울불었네.

"재버워크를 조심해라, 나의 아들아!
물어뜯는 턱과 움켜쥐는 발톱을!
주브주브 새를 조심해라. 그리고 씩성난
벤더스내치를 피하거라."

그는 손에 그의 보팔 칼을 집어들었네.
오랫동안 그는 맨솜 적과 싸웠네.
마침내 툼툼 나무 옆에서 휴식을 취했지.
그리고 한동안 생각에 잠겨 서 있었네.

그가 뚱탁한 생각 속에 잠겨 서 있을 때,
재버워크가 이글이글 불타는 눈으로
털지 나무 사이를 훽훽 다가왔네.
그리고 점점 더 뻥빵해졌지.

하나, 둘! 하나, 둘! 그리고 보팔 칼날이
날쌔게 찌르고 또 찔렀네.
그는 죽은 재버워크를 버려둔 채, 그 머리를 가지고
우쭐겅중 돌아왔네.

"네가 재버워키를 죽였단 말이냐?

이리 오너라, 나의 빛나는 아들아!"
오, 기쁘고 기쁜 날! 칼루! 칼레이!
그는 기쁨에 넘쳐 키득키득 웃었네.

지글녁, 유끈한 토브들이
사이넘길 한쪽을 발로 빙돌고 윙뚫고 있었네.
보로고브들은 너무나 밈지했네.
몸 레스들은 꽥꽥 울불었네.

"정말 멋진 시 같아."

앨리스는 시를 다 읽고 나서 말했다.

"단지 이해하기는 좀 어렵지만!"

(듣는 사람 없이 혼자 중얼거리는 말이지만, 앨리스는 시를 전혀 이해하지 못했다고 고백하기가 싫었던 것이다.)

"어쨌든 여러 가지 생각들이 내 머릿속에 떠오르는데, 그것들이 뭔지는 딱 모르겠단 말이야! 그렇지만 어떤 사람이 뭔가를 죽였어. 그건 분명해, 하여튼……."

"어머나!"

갑자기 앨리스는 벌떡 일어섰다.

"서두르지 않으면, 이 집의 나머지 부분들을 보지도 못하고 돌아가야 할지 몰라! 먼저 정원부터 구경해야지!"

앨리스는 즉시 그 방을 나와서 계단을 달려 내려갔다. 아니 정확하게 말하면 달린 것이 아니라, 앨리스가 혼자 중얼거렸듯이 빠르고 쉽게 계단을 내려가는 새로운 방식이었다. 앨리스는 단지 손가락들 끝을 계단 난간에 살짝 대고서, 계단을 밟지도 않은 채 가볍게 둥둥 떠서 아래로 내려갔다. 그런 다음 복도를 둥둥 가로질러서 문기둥에 걸리지만 않았다면 똑같은 방식으로 곧장 문으로 가려고 했다. 앨리스는 너무 많이 허공에 떠 있었기 때문에 조금 현기증을 느꼈고, 그래서 다시 자연스러운 방식으로 걷게 되자 무척 기뻤다.

제 2 장

말하는 꽃들이 사는 정원

The Garden of Live Flowers

앨리스는 혼자 중얼거렸다.

"저 언덕 위에 올라가면, 정원이 훨씬 잘 보일 텐데. 여기 이 길이 저 언덕으로 곧장 이어져 있는가봐. 아니, 그게 아닌가보네."

(그 길을 따라서 불과 몇 미터를 갔을 뿐인데, 심하게 꺾어지는 모퉁이를 여러 개 돌고 있었다.)

"하지만, 결국은 저 언덕에 닿을 수 있을 거야. 그런데 정말 이상하게도 꼬불꼬불한 길이네. 이건 아예 길이 아니라 타래송곳이라고 해도 되겠는걸! 어머, 이번엔 언덕 쪽으로 구부러지나 보다. 아니, 아니잖아! 집으로 되돌아와버렸어! 그렇다면 다른 길로 가봐야지."

그래서 앨리스는 다른 길로 갔다. 올라갔다가 내려갔다가, 돌고 또 돌았다. 그러나 언제나 결국 그 집으로 되돌아오는 것이었다. 한 번은 보통 때보다 더 빨리 모퉁이를 돌았다가 미처 멈추지 못하고 집에 쾅 부딪치기까지 했다.

"무슨 말을 해도 소용없어."

앨리스는 집을 올려다보면서 집이 뭐라고 따지기라도 한 듯이 혼자 중얼거렸다.

"나는 아직 돌아가지 않을 거야. 다시 거울을 통과해서 우리 집으로 돌아가야만 한다는 건 잘 알고 있어. 그렇지만 그럼 모험도 끝난다는 것도 잘 알고 있다고."

앨리스는 단호하게 집을 등지고, 이젠 언덕에 도착할 때까지 곧장 걷기만 하겠다고 단단히 마음먹고는 다시 한 번 길을 따라 출발했다. 잠시 동안은 꽤 순조로웠다. 그래서 앨리스는 중얼거렸다.

"이번에는 정말로 성공하려나봐."

그 순간 길이 갑자기 뒤틀리며 흔들렸다. (앨리스가 나중에 묘사한 바에 따르면 그랬다.) 다음 순간 앨리스는 자신이 문 앞을 걷고 있음을 알았다.

"아, 너무해! 이렇게 자기 쪽으로 끌어당기는 집이 어디 있어! 말도 안 돼!"

그렇지만 바로 눈앞에 언덕이 빤히 보였으므로, 다시 출발하는 것밖에는 할 수 있는 일이 없었다. 이번에 앨리스는 가운데에 버드나무가 심어져 있고 가장자리에는 데이지꽃들이 피어 있는 큰 꽃밭과 마주쳤다.

"참나리꽃아! 네가 말을 할 수 있으면 좋을 텐데!"

앨리스는 바람을 타고 우아하게 흔들리는 꽃을 보고 말했다.

"대화를 나눌 만한 가치가 있는 사람이 있으면, 우리도 말을 할 수가 있단다."

참나리꽃이 말했다.

앨리스는 너무 놀라서 잠시 동안 아무 말도 할 수가 없었다. 숨쉬는 것조차 잊어버린 듯했다. 결국 참나리꽃이 다시 조용히 몸을 흔들기 시작하자 앨리스는 조심스러운 목소리로 거의 속삭이듯이 물었다.

"그럼 꽃들은 다 말을 할 수가 있니?"

"너만큼 할 수 있고말고. 그리고 더 크고 또렷하게 말할 수 있어."

참나리꽃이 말했다.

"우리가 먼저 말을 거는 건 예의가 아니란다. 그래서 네가 언제 말을 걸까 무척 궁금했어! 난 혼자 '얼굴은 분별력이 있어 보이지만, 영리한 아이는 아닌 것 같아' 라고 생각했단다. 어쨌든 너는 색깔이 좋구나. 멀리까지 가겠어."

장미꽃이 말했다.

"나는 너의 색깔에는 관심 없어. 단지 꽃잎이 조금 더 위로 말려 올라갔으면 아주 좋았을 거야."

참나리꽃이 말했다.

앨리스는 비평을 받는 것이 기분 나빴다. 그래서 질문을 하기 시작했다.

"돌봐줄 사람도 없이, 여기 심어져 있는 게 무섭지 않니?"

"가운데에 저 나무가 있잖아. 더 뭐가 필요해?"

장미꽃이 말했다.

"하지만 위험이 닥치면 저 나무가 무엇을 할 수가 있니?"

앨리스가 물었다.

"짖을 수가 있어."

장미꽃이 대꾸했다.

"'바우-와우' 하고 짖는단다! 그래서 나뭇가지를 바우bough라고 부르는 거야."

데이지꽃이 큰 소리로 설명했다.

"너는 그것도 몰랐니?"

또 다른 데이지꽃이 크게 소리쳤다. 그러자 데이지꽃들은 한꺼번에 소리를 지르기 시작했고, 주변은 작고 날카로운 목소리들로 가득 찼다.

"조용히 해, 모두들!"

좌우로 심하게 몸을 흔들며, 흥분해서 떨리는 목소리로 참나리꽃이 소리쳤다.

"쟤네들은 내가 자기들을 어떻게 할 수 없다는 걸 알고 있는 거야!"

참나리꽃은 앨리스 쪽으로 머리를 기울이고 숨을 헐떡이며 덧붙였다.

"그렇지 않으면 감히 저럴 수는 없거든!"

"걱정하지 마."

앨리스는 참나리꽃을 달래고, 다시 막 떠들기 시작한 데이지꽃들에게 허리를 숙이며 속삭였다.

"조용히 하지 않으면, 너희들을 뽑아버릴 거야!"

주위는 순식간에 조용해졌고, 분홍색 데이지꽃들 중 몇 송이는 새하얗게 질렸다.

"잘했어! 데이지들이 제일 못됐어. 하나가 말하면 한꺼번에 떠들기 시작해서, 계속 듣고 있으면 내가 지쳐서 시들어버릴 지경이라니까!"

참나리꽃이 말했다.

"어떻게 그렇게 말을 잘 할 수가 있게 되었니? 전에도 정원은 많이 봤지만, 말을 할 줄 아는 꽃은 본 적이 없어."

앨리스는 꽃들의 기분을 더 좋게 만들려고 칭찬을 했다.

"네 손을 땅에 대고 느껴보렴. 그러면 이유를 알 수 있을 테니까."

참나리꽃이 말했다.

앨리스는 그렇게 했다.

"딱딱하네. 하지만 이게 그것과 무슨 상관이 있다는 건지 모르겠어."

앨리스가 말했다.

"대부분의 정원들은 침대가 너무 폭신폭신해. 그래서 꽃들이 늘

잠에 빠져 있거든."

참나리꽃이 설명했다.

듣고 보니 매우 그럴듯했다. 앨리스는 새로운 사실을 알게 되어서 매우 기뻤다.

"지금까지 그런 생각은 한 번도 해보지 못했어!"

앨리스가 말했다.

"내 생각에 너는 생각이라고는 전혀 하지 않는 것 같은데 뭐."

장미꽃이 조금 비아냥거리는 말투로 말했다.

"너같이 멍청해 보이는 아이는 처음 봤다고."

불쑥 제비꽃이 참견을 했다. 제비꽃의 갑작스러운 참견에 앨리스는 깜짝 놀랐다. 제비꽃은 이제까지 말을 하지 않았기 때문이었다.

"입 다물지 못하겠니! 다른 사람을 본 적도 없으면서! 언제나 잎사귀 아래에 얼굴을 묻고 코나 드르렁드르렁 골면서 잠자는 주제에, 봉오리였을 때보다도 세상에 대해서 아는 게 없잖아!"

참나리꽃이 큰 소리로 야단을 쳤다.

"이 정원에 나 말고 다른 사람이 더 있니?"

앨리스는 장미의 말은 무시하고 물었다.

"이 정원에 너처럼 돌아다닐 수 있는 꽃이 하나 더 있어. 너희들이 어떻게 돌아다닐 수 있는지 난 궁금해……." (이때 참나리꽃이 "넌 궁금하지 않을 때가 없구나"라고 참견을 했다.)

"하지만 그 사람은 너보다 더 잎이 우거졌어."

"나처럼 생겼니?"

문득 어떤 생각이 떠올라, 앨리스는 다시 급히 물었다.

"다른 여자애가 있나보구나, 여기 어딘가에!"

"글쎄, 너처럼 똑같이 볼품없게 생기기는 했어. 하지만 좀더 빨갛고, 꽃잎들이 더 짧았던 것 같아."

장미꽃이 말했다.

"다알리아처럼 꽃잎이 바짝 위로 치켜올라가 있었어. 너처럼 막 엉클어져 있지는 않았고."

참나리꽃이 말했다.

장미꽃이 친절하게 말했다.

"하지만 그건 네 잘못이 아니야. 너는 시들기 시작했잖아. 그럼 꽃잎들이 조금 흐트러질 수밖에 없어."

앨리스는 그 말이 매우 못마땅했다. 그래서 화제를 바꾸려고 물었다.

"그 애가 여기 온 적이 있니?"

"곧 볼 수 있을 거야. 그 애는 아홉 개의 침을 갖고 다니는 종자란다."

장미가 장담을 했다.

"침을 어디에 달고 있는데?"

앨리스는 호기심을 느꼈다.

"어디긴 어디야, 머리 둘레지. 그런데 너는 왜 똑같은 걸 달고 있지 않은지 궁금하다. 나는 그러는 게 규칙인 줄 알았는데."

장미꽃이 말했다.

"그 애가 온다! 쿵, 쿵, 쿵, 자갈길을 걸어오는 발소리가 들려."

참제비고깔꽃이 소리쳤다.

앨리스는 열심히 주위를 둘러보고 그것이 붉은 여왕임을 알았다.

"엄청나게 커졌잖아!"

그것이 앨리스가 붉은 여왕을 보고 처음 한 말이었다. 정말 그랬다. 앨리스가 처음 난로 재 속에서 여왕을 발견했을 때, 여왕의 키는 7센티미터를 간신히 넘긴 정도에 불과했다. 그런데 지금 눈앞의 여왕은 앨리스보다도 머리의 반 정도가 더 컸다.

"저렇게 된 건 신선한 공기 때문이야! 여기 공기는 놀라울 정도로 신선하거든."

장미꽃이 말했다.

"가서 만나봐야지."

앨리스는 꽃들도 무척 재미있지만, 진짜 여왕과 이야기를 하는 게 훨씬 더 근사할 거라고 생각했다.

"절대로 그러지 못할걸. 너는 다른 길로 걸어가게 될 테니까 말이야."

장미꽃이 말했다.

앨리스는 그 말이 터무니없이 들렸으므로, 아무 대꾸도 없이 곧장 붉은 여왕을 향해서 출발했다. 놀랍게도 여왕은 눈 깜짝할 새에 사라졌고, 앨리스는 자신이 다시 현관문 앞을 걷고 있다는 것을 알았다.

조금 짜증을 내며 앨리스는 뒤로 물러섰고, 여왕을 찾아서 이쪽 저쪽으로 고개를 돌렸다. (그리고 마침내 저 멀리에서 걷고 있는 여왕을 발견했다.) 앨리스는 이번엔 반대 방향으로 걸어가보자고 마음먹었다.

그것이 멋지게 성공을 했다. 몇 발자국 걷지도 않았는데 앨리스는 붉은 여왕 앞에 설 수 있었다. 게다가 눈앞에는 그렇게 가고 싶어 했던 언덕이 펼쳐져 있었다.

붉은 여왕이 물었다.

"너는 어디에서 왔지? 그리고 어디로 가고 있지? 고개를 들어서 공손하게 대답해라. 손가락들 좀 그만 비틀고."

앨리스는 여왕의 명령대로 모두 따랐다. 그리고 제 길을 잃었다고 설명을 했다.

"너의 길이라니 무슨 소린지 모르겠구나. 이 근처 길들은 모두 나의 것이다……. 그건 그렇고 여기는 왜 왔지?"

여왕은 조금 부드럽게 덧붙였다.

"대답을 생각하는 동안은 절을 하렴. 그럼 시간이 절약되지 않니?"

앨리스는 그 말이 조금 의아스러웠지만, 여왕에 대해서 커다란 경외심을 갖고 있었으므로, 그 말을 믿었다.

'집에 가면 그렇게 해봐야지. 다음번에 저녁 식사에 조금 늦으면 말이야.'

앨리스는 마음속으로 생각했다.

"이제 네가 대답을 할 시간이다. 말할 때는 입을 조금 더 크게 벌리고, 언제나 '존경하는 폐하'를 붙여라."

여왕이 말했다.

"전 그냥 정원이 어떻게 생겼는지 보고 싶었습니다, 존경하는 폐하."

"잘했다."

여왕은 앨리스의 머리를 쓰다듬었다. 앨리스는 그것이 전혀 마음에 들지 않았다.

"그런데 넌 이걸 '정원'이라고 말하는데, 내가 본 여러 개의 정원들과 비교하면 이건 황무지에 가깝단다."

앨리스는 감히 논쟁할 생각을 할 수 없었다. 그래서 그냥 계속 말했다.

"그리고 저 언덕 꼭대기까지 가는 길을 찾으려고 했는데……."

"언덕이라니."

여왕이 앨리스의 말을 가로막았다.

"너에게 언덕들을 보여주마. 그것들을 보고 나면 넌 저걸 그냥 골짜기라고 부르게 될 거야."

"아니오, 그럴 리가 없어요."

앨리스가 말했다. 그리고 앨리스는 마침내 자신이 여왕을 반박했다는 사실에 깜짝 놀랐다.

"언덕은 골짜기가 될 수 없는 거잖아요. 그건 말도 안 되는 소리……."

붉은 여왕은 고개를 흔들었다.

"원한다면 너는 그걸 '말도 안 되는 소리'라고 부르렴. 하지만 나는 말도 안 되는 소리를 숱하게 들어봤는데, 그것들과 비교하면 이건 사전만큼이나 분별 있는 소리야."

여왕의 말투에서 여왕이 조금 언짢아하는 것을 느낀 앨리스는 두려워져서, 다시 공손하게 절을 했다. 그리고 그들은 언덕 위에 도착할 때까지 조용히 걸었다.

잠시 동안 앨리스는 말없이 서서 사방을 둘러보았다. 그리고 이곳이 매우 신기한 나라임을 발견했다. 수많은 가느다란 시냇물들이 끝에서 끝까지 그 나라를 가로질러 곧게 흘렀고, 그 사이에 있는 땅은 시냇물과 시냇물을 잇는 수많은 작은 초록색 울타리로 구획이 나누어진 바둑판 모양이었다.

"여긴 꼭 커다란 체스판처럼 생겼네!"

마침내 앨리스가 말했다.

"어딘가에서 사람들이 움직이고 있을 거야. 그렇지, 저기 있네!"

앨리스는 즐거운 목소리로 덧붙였다. 흥분을 해서 심장의 고동이 빠르게 뛰기 시작하는 것을 느끼며 앨리스는 계속해서 말했다.

“만약 이것이 세상이라고 한다면 결국 세상은 한창 진행되고 있는 거대한 체스 게임이겠죠. 와, 얼마나 재미있을까요! 제가 그 말들 중의 하나라면 얼마나 좋을까요! 말이 될 수만 있다면 졸이 되어도 상관없어요. 물론 여왕이 되는 것이 더 좋기는 하지만요.”

이 말을 하고 앨리스는 조금 부끄러워져서 진짜 여왕을 살짝 쳐다보았다. 그러나 여왕은 유쾌하게 미소를 지으며 말했다.

“그건 쉽지. 네가 좋다면 하얀 여왕의 졸이 될 수가 있단다. 릴리는 시합을 하기에는 너무 어리거든. 둘째 칸에서부터 시작하렴. 여덟째 칸에 도착하면 너도 여왕이 될 수가 있단다.”

바로 그 순간, 웬일인지 그들은 달리기 시작했다.

나중에 몇 번이나 곰곰이 생각해보았지만, 그들이 어떻게 달리기 시작했는지 앨리스는 도무지 영문을 알 수가 없었다. 단지 기억나는 것은 그들이 손을 잡고 달리고 있었고, 여왕이 너무나 빨라서 간신히 속도를 맞추기에 바빴다는 것뿐이었다. 그런데도 여왕은 계속해서 "더 빨리! 더 빨리!"라고 소리쳤다. 앨리스는 더 빨리 뛸 수는 없다고 생각했지만, 그렇게 말할 틈조차 없었다.

그런데 정말 이상하게도 그들 주변에 있는 나무며 다른 것들의 위치가 전혀 바뀌지 않았다. 그들이 아무리 빨리 달려도 어느 것 하나 뒤로 젖히고 앞으로 달려나갈 수 없을 것 같았다.

'모두 다 우리를 따라서 움직이고 있는 걸까?'

앨리스는 어리둥절해져서 생각했다. 여왕은 앨리스의 생각을 눈치챈 것 같았다. 여왕은 다시 소리쳤다.

"더 빨리! 아무 말 하지 말고!"

앨리스는 왜 빨리 달려야 하는지 도무지 알 수가 없었다. 다시는

결코 말을 할 수가 없을 것만 같았다. 숨이 목까지 차올랐다. 그러나 여왕은 계속 소리치며 앨리스를 끌어당겼다.

"더 빨리! 더 빨리!"

"거의 다 왔나요?"

마침내 앨리스는 숨을 헐떡이면서 간신히 물었다.

"거의 다 왔어!"

여왕이 말했다.

"이런, 10분 전에 지나쳤잖아! 더 빨리!"

그리고 그들은 얼마 동안 말없이 달렸다. 바람이 앨리스의 귓전에서 윙윙 울렸다. 앨리스는 이러다가 바람에 머리카락이 다 뽑혀나가겠다고 생각했다.

"어서! 어서!"

여왕이 다시 외쳤다.

"더 빨리! 더 빨리!"

이제 그들은 너무나 빨리 달려서 마침내 땅에 발을 대지 않고 공중에 살짝 떠서 날아가는 것처럼 보였다. 앨리스가 완전히 지친 순간, 갑자기 그들은 멈추었다. 앨리스는 땅바닥에 주저앉았다. 숨이 차고 눈앞이 어지러웠다.

여왕은 앨리스를 나무에 기대어 서게 하고, 친절하게 말했다.

"이제, 조금 쉬도록 하렴."

앨리스는 깜짝 놀라며 주위를 둘러보았다.

"어머나, 우리가 계속 이 나무 아래에 있었던 건가요? 모든 것이 아까와 똑같은 자리에요!"

"당연하고말고. 어떨 거라고 생각했지?"

여왕이 물었다.

"글쎄요. 우리 나라에서는 이렇게 한참 동안 빨리 달리면 어딘가 다른 곳에 도착하게 되거든요."

아직도 조금 숨을 헐떡이며 앨리스가 말했다.

"느림보 나라 같으니! 자, 여기에서는 보다시피 같은 자리를 지키고 있으려면 계속 달릴 수밖에 없단다. 어딘가 다른 곳에 가고 싶다면, 최소한 두 배는 더 빨리 뛰어야만 해!"

여왕이 말했다.

"저는 그냥 있겠어요, 부탁이에요! 저는 지금 여기가 좋아요. 너무 덥고 목이 말라요!"

앨리스가 말했다.

"네가 무엇을 원하는지 알겠다."

상냥하게 말하면서 여왕은 호주머니에서 작은 상자 하나를 꺼냈다.

"과자 하나 먹겠니?"

앨리스는 과자를 먹고 싶은 생각이 전혀 없었지만, "싫어요"라고 거절하면 예의가 없는 것이라고 생각했다. 그래서 앨리스는 과자를 집어서, 억지로 먹었다. 게다가 과자는 매우 퍽퍽했다. 앨리스는 과자를 먹다가 목이 메어서 죽을 뻔하다니, 이런 일은 평생 동안 결코 다시 경험하지 못할 것이라고 생각했다.

"네가 기운을 차리는 동안, 나는 측량이나 해야겠다."

여왕이 말했다. 그리고 여왕은 호주머니에서 눈금이 표시된 줄자를 꺼내서 땅을 측량하고, 여기저기에 작은 말뚝을 꽂기 시작했다.

"2미터를 더 간 다음에."

거리를 표시하기 위해서 말뚝을 꽂으며 여왕은 말을 이었다.

"네가 갈 곳을 알려주마. 과자 하나 더 먹겠니?"

"아니요, 고맙습니다. 하나로도 아주 충분해요!"

"목마른 게 풀렸지?"

여왕이 물었다.

앨리스는 무어라고 대답해야 할지 몰랐다. 그러나 다행히도 여왕은 대답을 기다리지 않고 계속 말을 했다.

"3미터를 더 간 다음에 네가 갈 곳을 다시 한 번 더 말해주마. 네가 잊어버릴지도 모르니까 말이야. 4미터를 더 간 다음에는 작별 인사를 하겠다. 그리고 5미터를 더 간 다음에는 난 떠날 거란다!"

이제 여왕은 말뚝을 모두 다 꽂았다. 앨리스는 여왕이 나무가 있는 곳으로 돌아왔다가 막대기를 꽂아놓은 줄을 따라서 천천히 걸어가는 모습을 흥미롭게 지켜보았다.

2미터를 표시한 말뚝 앞에서 여왕은 고개를 돌리고 말했다.

"너도 알다시피 졸은 한 번에 두 칸을 갈 수가 있단다. 그러니까 너는 셋째 칸은 아주 빨리 통과할 거야. 열차 편으로 가야 되겠지. 그러면 순식간에 넷째 칸에 있게 될 거야. 그 칸은 트위들덤과 트위들디의 영역이야. 다섯째 칸은 거의 물이고, 여섯째 칸은 험프티 덤프티들의 영역이지. 그런데 왜 아무 말도 안 하니?"

"저는, 저는 바로 대답을 해야 하는지 몰랐어요."

앨리스는 더듬거리며 대답했다.

"대답을 했어야지."

여왕은 엄숙하게 나무라며 계속해서 말했다.

"'이렇게 자세하게 설명해주시다니 정말 친절하시군요' 라고 말했어야 했어. 어쨌든 말했다 치고, 일곱째 칸은 숲인데, 기사 하나가 너에게 길을 가르쳐줄 거야. 그리고 여덟째 칸에서 우리는 함께 여왕이 될 수가 있지. 그럼 성대한 만찬과 즐거움이 기다리지!"

앨리스는 일어나서 정중하게 절을 하고 다시 앉았다.

다음 말뚝에서 여왕은 다시 고개를 돌리고 말했다.

"영어로 생각나지 않는 게 있으면 프랑스어로 말하렴. 걸을 때는 발가락을 쫙 펴고, 네가 누구인지 잊어서는 안 돼!"

이번에 여왕은 앨리스가 절을 할 틈을 주지 않고, 재빨리 다음 말뚝으로 걸어갔다. 그곳에서 여왕은 홱 고개를 돌리고 작별 인사를 했다.

"잘 가라!"

그런 다음 여왕은 마지막 말뚝으로 종종걸음을 쳤다.

어떻게 그럴 수가 있는지, 앨리스는 도무지 이해할 수가 없었지만, 어쨌든 마지막 말뚝 앞에 도착하자마자 여왕은 감쪽같이 사라졌다. 허공으로 꺼졌는지, 숲 속으로 재빨리 달려갔는지('여왕은 워낙 빨리 달릴 수가 있으니까!' 앨리스는 그렇게 생각했다) 알아낼 방법은 없지만 여왕은 사라졌다. 그리고 앨리스는 자신이 졸이라는 것과 이제 자신이 움직일 시간이라는 것을 생각하기 시작했다.

제3장

거울 나라의 곤충

Looking-Glass Insects

당연히 가장 먼저 해야 할 일은 앞으로 여행하게 될 나라를 전체적으로 살펴보는 일이었다.

'이건 지리 공부랑 매우 비슷한 거야.'

조금이라도 더 멀리 보려고 까치발로 서서, 앨리스는 생각했다.

'주요 하천은 없네. 주요 산맥은 내가 서 있는 이곳이 유일하고, 하지만 이름은 없는 것 같아. 주요 도시는, 어머나, 저기 아래쪽에서 꿀을 모으는 저것들은 도대체 뭐지? 꿀벌들은 아니야. 1킬로미터나 떨어진 곳에서 꿀벌을 볼 수 있는 사람은 없으니까 말이야.'

얼마 동안 앨리스는 조용히 서서, 부산하게 꽃들을 들락거리며 주둥이를 꽃들 속에 집어넣는 그것들을 지켜보았다.

'꼭 진짜 벌 같네.'

앨리스는 생각했다. 그렇지만 그것은 진짜 벌이 아니었다. 사실,

그것은 코끼리였다. 사실을 깨닫는 순간, 처음에 앨리스는 너무 놀라서 숨을 쉴 수조차 없었다.

'그럼 저 꽃들은 어마어마하게 크겠구나!'

다음에 앨리스는 생각했다.

'지붕을 떼어낸 오두막처럼 생긴 것을 굵은 줄기가 받치고 있겠지. 꿀도 엄청나게 많을 거야! 내려가봐야지. 아니, 잠깐만.'

막 언덕을 달려 내려가려다가 어떤 사실을 깨닫고 앨리스는 갑자기 너무나 부끄러워져서 자신을 위해서 변명거리를 찾으려고 애를 썼다.

"저것들이 가까이 못 오게 휘두를 긴 나뭇가지 없이 내려가선 안 돼. 사람들이 소풍이 어땠느냐고 물으면 재미있을 거야. 그럼 나는 '아, 무척 재미있었답니다. (이 부분에서 앨리스는 머리를 살짝 뒤로 젖히는 익숙한 버릇을 보였다.) 너무 먼지가 많고, 덥고, 코끼리들이 성가시게 굴긴 했지만요?' 라고 말해야지!"

잠깐 말없이 있다가 앨리스는 다시 말했다.

"다른 길로 내려가볼까? 저 코끼리들은 나중에 방문해도 될 것 같아. 게다가 난 셋째 칸에 정말 가고 싶은걸."

이렇게 변명을 하고, 앨리스는 언덕을 달려 내려갔다. 그리고 작은 시냇물 여섯 개 중에서 첫번째 시냇물을 껑충 뛰어 건넜다.

"표를 보여주십시오!"

역무원이 창으로 고개를 들이밀고 말했다. 순식간에 모든 사람들이 표를 내밀었다. 표들의 크기가 사람 크기와 똑같아서 기차 칸이 표로 가득 차 보였다.

"얘야! 표를 보여줘야지!"

역무원이 화가 난 얼굴로 앨리스를 쳐다보며 말했다. 그러자 여럿의 목소리들이 한꺼번에 말했다. ('꼭 합창을 하는 것 같아.' 앨리스는 생각했다.)

"그를 기다리게 하면 안 돼, 얘야! 그의 시간은 1분에 1,000파운드나 한단다."

"죄송하지만 저는 표가 없어요."

앨리스는 겁먹은 소리로 말했다.

"제가 온 곳에는 매표소가 없었어요."

그러자 다시 목소리들이 합창을 했다.

"이 아이가 온 곳에는 매표소가 있을 만한 공간이 없어요. 그곳의 땅은 1인치에 1,000파운드나 한답니다."

"변명하지 마라."

역무원이 말했다.

"기관사에게 표를 샀어야지."

다시 그 합창 소리가 들려왔다.

"기차를 운전하는 사람 말이다. 연기를 한 번 뿜어내는 데 1,000파운드나 한단다."

앨리스는 마음속으로 생각했다.

'그러면 말해봐야 소용이 없잖아.'

이번엔 앨리스가 소리내어 말하지 않았기 때문에 목소리들이 참견을 하지 않았다. 그러나 정말 놀랍게도 그들은 합창으로 생각을 했다. (독자 여러분이 '합창으로 생각하는 것' 이 어떤 것인지를 이해하기 바란다. 왜냐하면 솔직히 고백하건대 나는 이해가 안 되기 때문이다.)

'결국 아무 말도 하지 않는 것이 더 낫단다. 말은 한 단어에 1,000파운드나 한단다.'

'오늘밤에는 1,000파운드에 대한 꿈을 꿀 것 같아. 아마 분명히 그럴 거야!'

앨리스는 생각했다.

그동안 역무원은 내내 앨리스를 바라보고 있었다. 처음에는 망원경으로, 그다음에는 현미경으로, 그런 다음에는 오페라글라스로 앨리스를 관찰했다. 드디어 그가 말했다.

"너는 틀린 길을 여행하고 있구나."

그리고 역무원은 창문을 닫고 떠났다.

앨리스 맞은편에 앉아 있던 신사가 입을 열었다. (그는 하얀 종이옷을 입고 있었다.)

"너처럼 어린아이가 자기 이름은 모르더라도, 가는 방향은 알고 있어야지."

하얀 종이옷을 입은 신사 옆에 앉아 있던 염소가 두 눈을 감고 큰 소리로 말했다.

"자기 이름의 철자는 모르더라도, 매표소로 가는 길은 알고 있어야지."

염소 옆에는 딱정벌레가 앉아 있었는데(그 기차 안은 온통 이상한 승객들로 가득 차 있었다), 차례차례 큰 소리로 이야기하는 것이 규칙인 듯이 한마디 거들었다.

"그 애를 수화물로 돌려보내야 해!"

딱정벌레 옆은 누구인지 보이지 않았지만, 이번엔 쉰 목소리가 들려왔다.

"기차를 갈아타……."

그런 다음 목이 메어서 목소리가 끊어졌다.

'꼭 말 울음소리 같아.'

앨리스는 생각했다. 그러자 아주 가느다랗고 조그만 목소리가 앨리스의 귓전에서 속삭였다.

"농담 하나 해봐. '말horse' 이나 '쉰 목소리hoarse' 로."

다음엔 멀리에서 무척 점잖은 목소리가 말했다.

"꼬리표를 붙여야 해. '어린 여자아이. 취급 주의' 라고."

다른 목소리가 뒤를 이었다. ('이 기차 칸에 사람들이 무척 많은가봐!' 앨리스는 생각했다.)

"우편으로 보내버려야 해. 저 아이에게는 머리가 있으니까 말이지."

"전보로 보내버려야 해."

"나머지 길은 저 애가 기차를 끌고 가야 해."

그 밖에도 이런 말들이 계속 이어졌다.

그러나 하얀 옷의 신사는 앞으로 몸을 기울이더니 앨리스의 귀에 대고 속삭였다.

"저들의 말은 조금도 신경 쓰지 마라, 얘야. 하지만 기차가 설 때마다 돌아가는 기차표를 사도록 하렴."

"그럴 수 없어요."

앨리스는 조금 초조하게 말했다.

"나는 기차 여행을 하고 있지 않았어요. 그냥 숲 속에 있었는데……, 다시 숲으로 돌아가고 싶어요."

"농담 하나 해봐. '할 수 있다면 하겠어' 로."

조금 전의 그 작디작은 목소리가 앨리스의 귓가에서 속삭였다.

"놀리지 마."

앨리스는 누가 그 목소리를 내는지 알아보려고 허공을 두리번거렸다.

"그렇게 농담을 듣고 싶으면, 네가 하면 되잖아?"

작은 목소리가 깊은 한숨을 쉬었다. 매우 불행하게 들리는 한숨소리였다.

아마 '다른 사람들처럼 한숨만 쉬었어도' 앨리스는 위로하는 말을 건넸을 것이다. 그러나 이 생물은 믿을 수 없을 만큼 작게 한숨을 쉬었으므로, 만약 그 생물이 앨리스의 귀에 그렇게 바짝 붙어 있지 않았다면 한숨소리조차 듣지 못했을 것이다. 또한 그렇기 때문에 앨리스는 귀가 너무 간지러워서 그 불쌍한 작은 생물의 불행에 집중할 수가 없었다.

작은 목소리는 계속 말했다.

"나는 네가 친구라는 걸 알아. 좋은 친구, 오래된 친구. 너는 나를 해치지 않을 거야. 내가 벌레여도 말이야."

"어떤 벌렌데?"

앨리스는 조금 걱정스럽게 물었다. 사실 앨리스가 알고 싶은 건, 무느냐 안 무느냐였다. 그러나 그것은 매우 실례되는 질문이 될 것이라고 생각했다.

"그러면 너는……."

작은 목소리가 말을 시작했다. 그러나 그 목소리는 기차의 날카로운 기적소리에 묻혀버렸다. 기차 칸의 모든 생물들이 깜짝 놀라서 벌떡 일어섰다. 앨리스도 벌떡 일어섰다.

말이 창밖으로 고개를 내밀었다가 조용히 다시 들어와서 말했다.

"시냇물 하나를 뛰어 건넜을 뿐이야."

모두가 말의 설명에 만족했지만, 앨리스는 기차가 뛴다는 말에 조금 불안해졌다.

'어쨌든 이 기차가 우리를 넷째 칸으로 데려다주겠지. 그나마 다행이지 뭐야!'

앨리스는 마음속으로 중얼거렸다. 다음 순간 앨리스는 기차가 공중으로 붕 뜨는 것을 느꼈다. 앨리스는 겁이 나서 손에 잡히는 대로 움켜잡았다. 그것은 공교롭게도 염소의 수염이었다.

그러나 염소 수염은 앨리스의 손이 닿자마자 눈 녹듯이 사라졌고, 앨리스는 어느새 나무 그늘에 조용히 앉아 있었다. 모기 한 마리(그 모기가 앨리스와 이야기를 주고받던 그 벌레였다)가 앨리스의 머리 위쪽으로 늘어진 작은 나뭇가지 위에 앉아서 날개로 부채질을 해주고 있었다.

그것은 무척이나 커다란 모기였다.

"닭만큼이나 크네."

앨리스는 생각했다. 그렇지만 함께 오래 이야기를 주고받은 후였기 때문에 앨리스는 그 모기가 무섭지 않았다.

"그럼 넌 벌레라면 모두 싫으니?"

모기가 마치 아무 일도 없었다는 듯이 조용히 물었다.

"말을 할 수 있는 벌레면 좋아해. 그런데 내가 살던 곳에는 말할 줄 아는 벌레가 없어."

앨리스가 말했다.

"네가 살던 곳에서 어떤 벌레들을 갖고 있었니?"

모기가 물었다.

"나는 벌레는 갖고 있지 않아. 벌레들을 조금 무서워하거든. 특히 큰 벌레들을 말이야. 하지만 벌레들의 이름은 조금 알고 있어."

"물론 이름을 불러주면 벌레들이 대답을 하겠지?"

모기가 무심코 말했다.

"절대로 그런 일은 없지."

"불러도 대답을 하지 않을 거면 이름을 갖고 있어봐야 무슨 소용이 있어?"

모기가 말했다.

"벌레들에게는 소용이 없지만 벌레들을 부르는 사람들에게는 소용이 있는 것 같아. 그러니까 사물마다 이름이 있는 게 아닐까?"

앨리스가 말했다.

"모르겠어. 저 먼 아래쪽 숲에 사는 벌레들은 이름이 없어. 어쨌든 벌레들의 이름이나 계속 말해봐. 시간이 없어."

모기가 대꾸했다.

"음, 말파리가 있고,"

앨리스는 손가락으로 벌레들의 이름을 꼽으며, 말하기 시작했다.

"좋아, 저 덤불 중간쯤을 보면 흔들목마파리가 보일 거야. 저건 몸통이 온통 나무로 만들어졌고, 나뭇가지 사이를 흔들흔들 옮겨 다니지."

모기가 말했다.

"저건 뭘 먹고 살아?"

앨리스는 너무나 궁금해져서 물었다.

"나무즙과 톱밥을 먹고 살지. 이름을 더 말해봐."

모기가 말했다.

앨리스는 흥미롭게 흔들목마파리를 쳐다보았다. 그리고 방금 페인트칠을 한 것이 틀림없다고 생각했다. 너무 반짝이고 끈적끈적해 보였기 때문이었다. 앨리스는 계속 벌레들의 이름을 외웠다.

"그리고 잠자리도 있지."

"네 머리 위쪽의 나뭇가지를 보면……."

모기가 말했다.

"스냅드래건잠자리가 있을 거야. 몸은 플럼푸딩(크리스마스에 먹는 건포도를 넣은 달콤한 과자—옮긴이)으로 만들어졌고, 날개는

호랑가시나무(크리스마스 장식용 나무—옮긴이) 이파리이고, 머리는 브랜디에 절여서 구운 건포도이지."

"뭘 먹고 살지?"

앨리스는 아까와 똑같은 질문을 했다.

"플러멘티하고 민스미트(다진 고기에 잘게 썬 사과, 건포도, 기름 등을 섞어서 파이 속에 넣어 먹는 크리스마스 음식—옮긴이)를 먹고 살지. 둥지는 크리스마스 상자 속에 짓고."

모기가 대꾸했다.

앨리스는 머리에서 불을 뿜어대는 그 벌레(잠자리는 영어로 dragon-fly, 즉 용이라는 뜻이 들어 있다—옮긴이)를 자세히 살펴보고 생각했다.

"벌레들이 촛불 속으로 뛰어드는 이유가 궁금했는데 스냅드래건 잠자리로 변하고 싶어서 그런가봐."

그런 다음 앨리스는 계속 벌레들의 이름을 꼽았다.

"그리고 나비가 있어."

"네 발밑에서 기어가는."

모기가 말했다. (앨리스는 조금 놀라며 발을 뒤로 뺐다.)

"버터 바른 빵 벌레(영어로 나비는 butter-fly, 즉 버터라는 단어가 들어간다—옮긴이)가 보이지. 날개는 버터 바른 얇은 빵 조각이고, 몸은 빵 껍질, 머리는 각설탕이야."

"그럼 이건 뭘 먹고 살아?"

"크림을 탄 연한 차를 먹고 살지."

앨리스는 새로운 의문이 생겼다.

"그런 것을 찾지 못하면 어떻게 되지?"

"물론 그러면 죽게 되지."

"하지만 그런 일이 아주 자주 일어날 텐데."

앨리스가 걱정스럽게 물었다.

"언제나 일어나지."

모기가 말했다.

앨리스는 잠깐 동안 곰곰이 생각에 잠겨서 아무 말도 하지 않았다. 그러는 동안 모기는 콧노래를 흥얼거리며 앨리스의 머리를 빙빙 돌았다. 마침내 모기가 다시 앉아서 말했다.

"네 이름을 잃어버리고 싶지는 않지?"

"그럼, 당연하지."

앨리스는 조금 걱정스럽게 말했다.

"난 아직 모르겠어."

모기는 가볍게 말을 이었다.

"이름 없이 집으로 돌아가면 얼마나 편할지 생각해보라고! 예를 들어서 가정교사가 수업을 하려고 너를 부르려면, '이리 와', 그렇게밖에 못 부르겠지. 부를 이름이 없으니까 말이야. 그러면 너는 이름을 부르지 않았으니까 수업을 받으러 가지 않아도 되잖아."

"그런 일은 결코 없을 거야. 그런 이유로 수업을 빼줄 리가 없어.

가정교사는 내 이름을 부를 수가 없으면, 하인들처럼 나를 '아가씨' 라고 부를 거야."

앨리스가 말했다.

"그러면 말이야, 가정교사가 '아가씨Miss' 라고 부르고 더 말을 하지 않으면, 그냥 수업을 빼먹어버려('빼먹다' 도 영어로 miss, 동음이의어로 농담을 하는 것이다—옮긴이). 아, 농담이야. 네가 농담을 했으면 좋았을 텐데."

모기가 말했다.

"너는 왜 내가 그런 농담을 하기를 바라니? 재미도 없는 농담인 걸."

모기는 깊은 한숨을 쉬었다. 두 줄기의 커다란 눈물방울이 모기의 뺨을 타고 흘러내렸다.

"농담을 하지 말았어야지. 농담이 너를 그렇게 불행하게 만들면 말이야."

앨리스가 말했다.

그러자 모기는 다시 한 번 우울하게 낮은 한숨을 쉬었는데, 이번에는 가엾은 모기가 정말로 한숨에 실려 날아가버린 것 같았다. 그도 그럴 것이 앨리스가 고개를 들고 쳐다보았을 때, 나뭇가지에는 아무것도 보이지 않았다. 그리고 너무 오래 가만히 앉아 있어서 몹시 추위를 느꼈기 때문에 앨리스는 일어나서 걷기 시작했다.

앨리스는 곧 맞은편에 숲이 잇닿아 있는 넓은 공터에 도착했다.

그 숲은 지난번 숲보다 더 어두워 보였다. 앨리스는 숲 속으로 들어가기가 조금 망설여졌다. 그렇지만 다시 생각해보고 앨리스는 숲으로 들어가기로 마음먹었다.

'어차피 난 돌아가지는 않을 거잖아.'

앨리스는 생각했다. 게다가 이 길은 여덟째 칸으로 가는 유일한 길이었다.

"이게 이름들이 없다는 그 숲이 틀림없어."

앨리스는 생각에 잠겨서 중얼거렸다.

"저 안으로 들어가면 내 이름은 어떻게 되지? 정말이지 이름을 잃고 싶지는 않아. 그러면 사람들이 나에게 새로운 이름을 줄 텐데, 거의 미운 이름일 게 확실하니까 말이야. 하지만 내 옛날 이름을 가진 생물을 찾아보면 재미있을 거야! '사람들이 개를 잃어버렸을 때 '대시' 라고 부르면 돌아봅니다. 목걸이에 이름이 쓰여 있습니다' 라고 내는 광고와 똑같을 거야. 마주치는 것마다 '앨리스' 라고 불러보는 거야. 그중 하나가 대답을 할 때까지 말이야. 하지만 그들이 영리하다면 대답을 하지 않겠지."

앨리스는 천천히 걸어서 숲에 도착했다. 숲은 매우 시원하고 그늘져 보였다.

"음, 어쨌든 아주 쾌적한걸."

나무 그늘을 걸으면서 앨리스는 말했다.

"그렇게 더운 곳에 있다가, 이렇게……, 이렇게……, 어머, 내가 어디로 들어왔지?"

앨리스는 단어가 떠오르지 않자 깜짝 놀랐다.

"나는 이렇게……, 이 아래에 있게 되었다고 말하려고 했는데!"

앨리스는 한 손을 나무둥치에 얹었다.

"이걸 뭐라고 부르지? 아마 이름이 없나 봐. 그래, 이건 이름이 없는 게 분명해!"

앨리스는 곰곰이 생각에 잠겼다. 그런 다음 갑자기 앨리스는 혼잣말을 하기 시작했다.

"그럼 정말로 그 일이 일어났나 봐! 그런데 나는 누구지? 기억해야 해. 기억하고 말 거야!"

그러나 결심도 별 도움이 되지 않았다. 한참 고민했지만 결국 앨리스는 이렇게 말할 수밖에 없었다.

"L, L로 시작하는데!"

바로 그때 새끼사슴 한 마리가 앨리스의 옆으로 훌쩍 다가왔다. 사슴은 크고 유순한 눈망울로 앨리스를 쳐다보았지만, 무서워하는 기색은 전혀 없었다.

"이리 온! 이리 온!"

앨리스는 한 손을 내밀어서 새끼사슴을 쓰다듬으려고 했다. 그러나 새끼사슴은 조금 뒤로 물러선 다음, 다시 앨리스를 쳐다보았다.

"너는 너를 뭐라고 부르니?"

마침내 새끼사슴이 말했다. 너무나 부드럽고 상냥한 목소리였다.

"나도 내 이름을 알았으면 좋겠어!"

가엾은 앨리스는 마음속으로 생각했다. 앨리스는 서글프게 대답했다.

"뭐라고도 부르지 않아. 지금은 그래."

"다시 생각해봐. 그걸로는 안 돼."

새끼사슴이 말했다.

앨리스는 생각했다. 그러나 아무것도 떠오르지 않았다.

"부탁이야, 너를 뭐라고 부르는지 가르쳐줄래? 그러면 내가 생각하는 데 조금 도움이 될 거야."

앨리스는 부끄러워하며 말했다.

"말해줄게, 네가 조금 더 앞으로 걸어오면. 여기에서는 기억이 나

지 않아."

새끼사슴이 말했다.

그래서 그들은 함께 숲 속을 걸었다. 앨리스는 두 팔로 새끼 사슴의 부드러운 목을 살짝 끌어안고 걸었다. 그들은 또 다른 공터에 도착했다. 갑자기 새끼사슴이 공중으로 펄쩍 뛰어오르더니 몸을 흔들어서 앨리스의 팔에서 벗어났다.

"나는 새끼사슴이야!"

사슴은 기쁜 목소리로 소리쳤다.

"그리고 맙소사! 너는 인간의 아이잖아!"

새끼사슴의 아름다운 갈색 눈에 깜짝 놀란 빛이 떠올랐고, 다음 순간 새끼사슴은 화살처럼 빨리 달려가버렸다.

앨리스는 멍하니 서서 사슴의 뒷모습을 바라보았다. 작고 사랑스러운 길동무를 너무나 갑자기 잃어버린 것이 안타까워서 울음이 터질 것만 같았다.

"어쨌든 이젠 내 이름을 알았어. 그러니까 조금 위로가 돼. 앨리스, 앨리스. 다시는 잊지 않을 거야. 그런데 이 방향 표지판 중에서 어느 쪽이 내가 가야 할 길이지?"

앨리스는 중얼거렸다.

대답은 어렵지 않았다. 숲에는 길이 오직 하나밖에 없었고, 방향 표지판은 둘 다 그 길을 가리키고 있었다.

'길이 갈라지고 방향 표지판이 서로 다른 길을 가리키면, 그때 결정해야지.'

앨리스는 마음속으로 생각했다.

그러나 그런 상황은 쉽게 일어날 것 같지 않았다. 한참 걸었지만, 길이 갈라지는 곳이 나타날 때마다 두 개의 방향 표지판은 똑같은 방향을 가리켰다. 그 표지판 중 하나에는 "트위들덤의 집으로 가는 길입니다"라고 쓰여 있었고, 다른 표지판에는 "이 길은 트위들디의 집으로 갑니다"라고 쓰여 있었다

"알겠다."

마침내 앨리스는 말했다.

"그들은 같은 집에 살고 있는 거야! 왜 진작 그 생각을 못했을까? 하지만 난 그곳에 오래 머물지는 못해. 잠깐 들러서 '안녕하세요?' 인사만 하고 숲을 빠져나가는 길을 물어봐야지. 날이 저물기 전에 여덟 번째 칸에 도착해야 할 텐데!"

그래서 앨리스는 중얼거리며 계속 걸었다. 그리고 갑자기 꺾어지는 모퉁이를 돌았을 때, 앨리스는 작고 뚱뚱한 남자 두 명과 마주쳤다. 뜻밖에 사람을 만나자 앨리스는 저도 모르게 뒤로 물러섰다. 그러나 곧 앨리스는 이 남자들이 그들이라고 생각했다.

제 4 장

트위들덤과 트위들디

Tweedledum and Tweedledee

그들은 어깨동무를 하고 나무 아래 서 있었다. 앨리스는 금방 누가 누구인지 알 수가 있었다. 그도 그럴 것이 한 사람은 목깃에 '덤'이라고, 다른 사람은 목깃에 '디'라는 글자가 수놓아져 있었던 것이다.

"아마 목깃 뒷부분에는 '트위들'이라고 수놓아져 있겠지."

앨리스는 마음속으로 생각했다.

그들이 꼼짝도 하지 않았으므로 앨리스는 그들이 살아 있는 사람이라는 것을 까맣게 잊어버리고, 과연 목깃 뒷부분에 '트위들'이라는 글자가 수놓아져 있는지 확인해보려고 했다. 앨리스가 막 그들 뒤로 걸어가려고 할 때, '덤'이라고 표시된 사람이 말했다.

"우리를 밀랍 인형으로 생각한다면, 돈을 내야만 해. 공짜로 보여주려고 밀랍 인형을 만들지는 않으니까. 결코 아니야!"

"반대로, 우리를 살아 있는 사람으로 생각한다면, 말을 걸어야만 해."

'디' 로 표시된 사람이 덧붙였다.

"정말 미안해."

앨리스는 힘들게 사과를 했다. 시곗바늘이 똑딱거리듯이 앨리스의 머릿속에서 오래된 노래 가사들이 울려 퍼졌기 때문에 길게 말할 수가 없었던 것이다. 결국 앨리스는 그 노래를 크게 부르고야 말았다.

"트위들덤과 트위들디
　전쟁을 하기로 합의했지.
트위들덤이 트위들디에게
　자기의 멋진 새 딸랑이를 망쳐놨다고 말했기 때문이지.

바로 그때 괴물 같은 까마귀가 내려왔다네.
　타르통처럼 새까맸지.
두 영웅은 깜짝 놀랐네.
　그만 싸움도 잊어버렸지."

"네가 무슨 생각을 하는지 알아."

트위들덤이 말했다.

"하지만 그건 그렇지 않아. 결코 아니야!"

"반대로, 그렇다면 그럴 거야. 그리고 그랬었다면 그랬을 거야. 하지만 그렇지 않으니까 그렇지 않아. 그게 논리야."

트위들디가 말을 했다.

앨리스는 매우 공손하게 말했다.

"나는 이 숲에서 나갈 수 있는 가장 좋은 방법을 생각하고 있었어. 날이 어두워지고 있으니까. 나에게 가르쳐주겠니?"

그러나 뚱뚱하고 작은 남자들은 서로 쳐다보면서 미소만 지었다.

그들은 꼭 덩치 큰 학생들처럼 보였다. 앨리스는 자신도 모르게 트위들덤을 가리키며 말했다.

"첫번째 학생!"

"결코 아니야!"

트위들덤은 힘차게 외치고, 다시 입을 탁 닫아버렸다.

"두 번째 학생!"

틀림없이 "반대로!"라고 말하고 입을 다물 것이라고 생각했지만, 앨리스는 트위들디를 가리켰다. 역시 트위들디는 예상대로 행동했다.

"넌 시작부터 틀렸어!"

트위들덤이 큰 소리로 말했다.

"만나면 제일 먼저 '안녕하세요?' 라고 인사를 하고 악수를 해야지!"

그러면서 두 형제는 서로를 꽉 끌어안았고, 그런 다음 앨리스와 악수를 하려고 자유로운 두 손을 각각 내밀었다.

앨리스는 둘 중의 하나와 먼저 악수를 하고 싶지 않았다. 다른 하나가 기분이 상할까봐 걱정스러웠다. 그럴 경우 문제를 해결하는 가장 좋은 방법은 동시에 양쪽 손을 잡는 것이었다. 그다음에 그들은 둥글게 원을 그리며 춤을 추었다. 이것은 너무나 자연스러워 보였다. (나중에 앨리스는 그렇게 기억을 했다.) 앨리스는 심지어 음악 소리가 들릴 때에도 놀라지 않았다. 음악 소리는 그들이 춤을 추는 나무 아래의 위쪽에서 들려오는 것 같았는데 (앨리스가 추측하기에는) 바이올린을 활로 켜듯이 나뭇가지들이 서로 엉켜서 비벼대는 소리였다.

"하지만 정말 재미있었어."

(나중에 언니에게 이야기를 들려주면서 앨리스는 말했다.)

"내가 '우리는 오디나무를 빙빙 돌았네' 를 부르고 있지 않겠어. 언제 그 노래를 부르기 시작했는지는 모르겠지만, 아주 오래오래 부르고 있었던 것 같았어."

다른 두 명의 춤꾼은 뚱뚱했으므로, 금세 숨을 헉헉거렸다.

"한 번 출 때 네 번 돌면 충분해."

트위들덤이 숨을 헐떡이며 말했다. 그리고 그들은 시작했을 때처럼 갑자기 춤을 멈추었다. 동시에 음악도 멎었다.

그런 다음 그들은 앨리스의 손을 놓고, 잠시 앨리스의 얼굴을 쳐다보았다. 무척 어색한 침묵이 흘렀다. 앨리스는 방금 함께 춤을 춘 사람들과 어떻게 대화를 시작해야 할지 알 수가 없었다.

"지금은 '안녕하세요?' 라고 말해서는 안 되잖아."

앨리스는 마음속으로 생각했다.

"어쨌든 우리는 그보다는 친해진 게 아닐까!"

"많이 피곤하지는 않지?"

마침내 앨리스는 물었다.

"결코 아니야. 걱정해주어서 고마워."

트위들덤이 말했다.

"무지무지 고마워!"

트위들디가 덧붙였다.

"시 좋아하니?"

"으음, 아주. 어떤 시는."

앨리스는 우물우물 대답하고 나서 물었다.

"이 숲을 빠져나가는 길을 좀 가르쳐주겠니?"

"무슨 시를 암송해줄까?"

트위들디는 앨리스의 질문은 들은 척도 하지 않고, 매우 엄숙하게 트위들덤을 쳐다보며 물었다.

"「해마와 목수」가 가장 길어."

트위들덤이 자신의 형제를 힘껏 끌어안으며 대답했다.

트위들디는 즉시 시를 외우기 시작했다.

"태양이 빛나고 있었지……."

이때 앨리스는 용기를 내어서 말했다.

"그렇게 긴 시라면……."

앨리스는 최대한 정중하게 말하려고 애를 썼다.

"먼저 나에게 길을 가르쳐주고……."

그러나 트위들디는 부드럽게 미소를 지어 보이고, 다시 시를 외우기 시작했다.

"태양이 바다 위에서 빛나고 있었지.
　있는 힘을 다해서 쨍쨍
온 힘을 다 해서
　파도를 유순하고 잔잔하게 만들었네.
참 이상하지, 지금은
　한밤중인데.

달은 뾰로통하게 빛나고 있었지.
　달은 생각했네.
태양이 거기 왜 있담,
　낮은 이미 지났는데.
'정말 무례하군.' 달은 말했어.

'와서 재미를 망쳐버리다니!'

바다는 한없이 축축했고,

모래사장은 바싹 말라 있었지.

구름 한 점 보이지 않았어.

하늘에 구름이라고는 없었으니.

머리 위를 날아가는 새도 없었어.

날아가는 새라고는 없었으니.

해마와 목수는

바짝 붙어서 걷고 있었네.

그들은 엄청나게 많은 모래를 보고

한탄을 했네.

'이걸 깨끗하게 쓸어버릴 수만 있다면.'

그들은 말했네, '정말 좋을 텐데!'

'빗자루를 든 일곱 명의 하녀들이

반년 동안 쓸면 어떨까?'

해마가 물었지.

'이걸 다 치울 수 있을까?'

'힘들 거야.' 목수가 말했지.

그리고 그는 슬픈 눈물을 흘렸네.

'굴들아, 나와서 우리랑 산책하자!'

해마는 간절히 부탁했네.

'유쾌하게 산책하며, 유쾌하게 대화를 하자꾸나.

바닷가를 따라 걸으며.

우리 손은 네 개 밖에 없지만

손에 손을 잡자꾸나.'

가장 나이 많은 굴이 해마를 쳐다보았지.

그러나 한 마디도 하지 않았네.

한쪽 눈을 찡끗하고,

묵직한 머리만 흔들었네.

그의 뜻은

이 굴밭을 떠나지 않겠다는 것이라네.

그러나 어린 굴 네 개는 벌떡 일어났지.
함께 따라가고 싶어서였네.
외투를 털고, 얼굴을 닦고,
신발을 깨끗하게 손질했네.
참 이상하지,
굴들은 발이 없는데.

다른 굴 네 개도 그들을 따라갔네.
그리고 또 다른 굴 네 개도.
마침내 바글바글 줄줄이
점점 더, 점점 더, 점점 더
모두들 거품투성이 바다를 뛰쳐나와서
바닷가로 기어나갔네.

해마와 목수는
1킬로미터쯤 걸어갔다네.
그런 다음 편평한 바위에
걸터앉았다네.
어린 굴들은 한 줄로 서서

기다렸다네.

'때가 됐군.' 해마가 말을 했네.

'많은 것을 이야기할 때가,

신발과 배와 봉랍과

양배추와 왕들과

그리고 바다가 왜 저렇게 뜨겁게 끓고 있는지와

돼지에게 날개가 있는지에 대해서.'

'잠깐만요.' 굴들이 소리쳤네.

'우린 숨 좀 돌리고 이야기할게요.

우리 중 몇은 숨이 차고

우리 모두는 뚱뚱해요!'

'서두를 필요 없어!' 목수가 말했지.

굴들은 무척 고마워했네.

'빵 한 덩이.' 해마가 말했네.

'우리에게 정말 필요한 것이지.

후추와 식초가 있으면

더더욱 좋겠지.

자, 준비가 됐으면, 사랑스러운 굴들아.

이제 먹어주마.'

'설마요!' 굴들은 비명을 질렀네.

파랗게 질려서.

'그렇게 친절하더니,

이렇게 무서운 일을 하려고요!'

'밤이 아름답구나.' 해마가 말했네.

'경치가 좋지?'

'와주어서 정말 고마워!

그리고 너희는 정말 상냥하구나!'

목수는 이렇게만 말했네.

'한 조각 더 잘라줘.

귀먹은 건 아니겠지.

내가 두 번이나 부탁했잖아!'

'심했던 것 같아.' 해마가 말했네.

'그런 속임수를 쓰다니.

너무 멀리 데려오고

너무 빨리 뛰게 했어!'

목수는 이렇게만 말했네.

'버터를 너무 발랐어!'

'너희들을 생각하니 눈물이 나.' 해마가 말했네.

'너무 불쌍해.'

눈물을 흘리며 해마는

커다란 굴들을 골랐네.

손수건을 꺼내서

눈물을 닦으며.

'굴들아.' 목수가 말했네.

'유쾌한 달리기였지!

다시 집으로 달려갈까?'

그러나 굴들은 대답하지 않았지.

이번엔 이상할 거 없다네,

모두 먹어치워버렸으니."

"해마가 그래도 낫네. 가엾은 굴들에게 조금은 미안하게 생각했으니까."

앨리스가 말했다.

"하지만 해마가 목수보다 더 많이 먹었잖아."

트위들디가 말했다.

"자기가 얼마나 많이 가져가는지 목수가 세지 못하게 하려고 손수건으로 앞을 가렸는걸. 결코 아니야."

"그건 비열해!"

앨리스는 화가 나서 말했다.

"그렇다면 난 목수가 더 좋아. 해마만큼 많이 먹지 않았다면 말이야."

"하지만 목수도 양껏 먹었어."

트위들덤이 말했다.

이건 어려운 문제였다. 잠시 생각한 후에 앨리스는 대꾸했다.

"그러면 둘 다 정말 나쁜……."

그러나 이때 근처 숲에서 커다란 증기 기관이 연기를 뿜어내는 것 같은 소리가 들려와서 앨리스는 조금 놀라며 말을 잇지 못했다. 앨리스는 그것이 사나운 짐승의 소리가 아닐까 걱정스러웠다.

"이 근처에 사자나 호랑이가 사니?"

앨리스는 조심스럽게 물었다.

"저건 붉은 왕이 코를 고는 소리일 뿐이야."

트위들덤이 말했다.

"그를 보러 가자."

형제는 동시에 외쳤다. 그리고 각각 양쪽에서 앨리스의 손을 잡고, 왕이 잠을 자는 곳으로 이끌었다.

"사랑스럽지?"

트위들덤이 말했다.

앨리스는 솔직히 그렇다고 말할 수가 없었다. 붉은 왕은 술이 달린 길쭉한 붉은색 잠자리 모자를 쓰고 있었다. 그리고 누더기뭉치처럼 쭈그리고 누워서 크게 코를 골고 있었다.

"코 골다가 머리 떨어지겠어!"

트위들덤이 말했다.

"젖은 풀밭에서 자면 감기 걸릴 텐데."

매우 사려 깊은 소녀답게 앨리스가 말했다.

"그는 지금 꿈을 꾸고 있어. 그가 무슨 꿈을 꾸는 것 같니?"

트위들덤이 물었다.

"그걸 누가 알겠어."

앨리스가 대꾸했다.

"이런, 바로 너에 대한 꿈이야!"

트위들덤이 의기양양하게 손뼉을 치며 말했다.

"왕이 너에 대한 꿈을 다 꾸고 나면, 네가 어디에 있을 것 같니?"

"그야 물론 지금 내가 있는 이곳이지."

앨리스가 말했다.

"틀렸어!"

트위들디가 거만하게 말했다.

"너는 어디에도 없을 거야. 너는 그의 꿈에 나오는 존재에 불과하니까!"

"왕이 잠에서 깨어나면 너는 사라질 거야. 휙! 촛불처럼 꺼져버리는 거지!"

트위들디도 거들었다.

"아니야!"

앨리스는 화가 나서 소리쳤다.

"좋아, 내가 그의 꿈에 나오는 존재에 불과하다면, 너희들은 뭐야, 뭐냐고?"

"디토!"

트위들덤이 말했다.

"디토, 디토!(ditto, 꼭 닮은 것, 같은 것을 뜻한다—옮긴이)"

트위들디도 소리쳤다.

트위들디가 그 말을 너무 크게 했기 때문에 앨리스는 주의를 주지 않을 수가 없었다.

"조용! 그렇게 크게 떠들면 왕이 잠을 깰지도 모르잖아."

"그건 쓸데없는 걱정이야."

트위들덤이 말했다.

"너는 그의 꿈속에 나오는 존재에 불과하잖아. 네가 진짜가 아니라는 걸 잊은 건 아니겠지."

"나는 진짜야!"

앨리스는 그렇게 말하고 울기 시작했다.

"운다고 해서 네가 조금 더 진짜가 되는 건 아니야."

트위들디가 말했다.

"울 일이 아니야."

"내가 가짜라면, 울 수도 없을 거라고."

모든 일이 너무 우스꽝스럽게 느껴져서, 앨리스는 울다가, 또 웃다가 하면서 주장했다.

"그게 진짜 눈물이라고 생각하는 건 아니겠지?"

트위들덤이 매우 업신여기는 말투로 끼어들었다.

"재네들 말은 다 거짓말이야."

앨리스는 생각했다.

"저런 말에 우는 건 바보 같은 짓이야."

그래서 앨리스는 눈물을 닦고 애써 씩씩하게 말했다.

"어쨌든 나는 이 숲에서 나가야겠어. 정말로 많이 어두워졌는걸. 비가 올 것 같지?"

트위들덤은 자기와 형제의 머리 위로 커다란 우산을 펴고, 그 속에서 위를 올려다보았다.

"아니, 그럴 것 같지 않은데. 최소한 이 안은 그래. 결코 아니야."

"하지만 우산 바깥은 비가 올지도 모르잖아?"

"그럴지도 모르지, 그러려면. 우리는 이의 없어. 반대로."

트위들디가 말했다.

'이기적인 사람들!'

앨리스는 그렇게 생각하고, 작별 인사를 하고 떠나려고 마음먹었다. 그때 트위들덤이 우산 밑에서 뛰쳐나오더니 앨리스의 손목을 꽉 잡았다.

"저거 보이니?"

감정이 북받쳐서 목메인 소리로 그가 물었다. 그의 두 눈이 순식간에 크고 노랗게 변했다. 그는 떨리는 손가락으로 나무 아래에 놓여 있는 작고 하얀 것을 가리켰다.

"저건 그냥 딸랑이야."

그 작고 하얀 것을 꼼꼼히 관찰한 후에 앨리스가 말했다.

"방울뱀이 아니야."

앨리스는 트위들덤이 오해를 해서 겁을 먹었다고 생각하고 서둘러 덧붙였다.

"저건 그냥 낡은 딸랑이야. 아주 낡고 깨진 딸랑이."

"나도 알고 있어!"

트위들덤이 소리쳤다. 그는 쿵쿵거리며 왔다 갔다 하더니 머리를 쥐어뜯기 시작했다.

"망가졌어, 망가졌다고!"

이 말을 하면서 트위들덤은 트위들디를 쳐다보았고, 트위들디는 즉시 땅바닥에 주저앉아서 우산 밑으로 숨으려고 끙끙거렸다.

앨리스는 트위들덤의 팔을 잡고 상냥하게 달랬다.

"낡은 딸랑이 때문에 그렇게 화낼 필요는 없지 않니?"

"그건 낡지 않았어!"

트위들덤은 더욱 화를 내며 소리쳤다.

"그건 새거야. 잘 들어. 바로 어제 산 멋진 새 딸랑이라고!"

그는 비명처럼 소리를 질렀다.

그러는 동안 트위들디는 우산 속에 들어가 있는 채로 어떻게든 우산을 접으려고 애를 쓰고 있었다. 그것은 너무나 엉뚱한 행동이어서 앨리스는 화를 내는 형제로부터 눈을 돌려서 그를 지켜보았다.

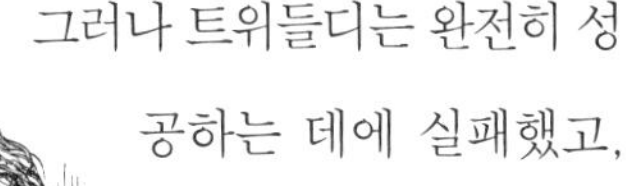

그러나 트위들디는 완전히 성공하는 데에 실패했고, 겨우 머리를 밖으로 내놓은 채 우산 속에 들어가서 땅바닥을 굴렀다. 그렇게 누운 채, 트위들디는 두 눈과 입을 벌렸

다 닫았다 했다.

'꼭 물고기처럼 보이네.'

앨리스는 생각했다.

"물론 전쟁에 동의하겠지?"

트위들디가 조금 차분해진 목소리로 물었다.

"그래."

그의 형제가 우산 밖으로 기어나오며, 퉁명스럽게 대꾸했다.

"저 애가 우리가 장비를 차리는 것을 도와준다면."

그러자 두 형제는 손을 잡고 숲 속으로 들어갔고, 잠시 후 두 팔 가득 베개, 담요, 난로 깔개, 식탁보, 접시 덮개, 석탄통 같은 것들을 안고 돌아왔다.

"핀으로 고정시키고 끈으로 묶는 일 잘하니? 이건 모두 갖고 있어야 하는 것들이야, 어떻게든."

나중에 앨리스는 그렇게 엄청난 소동은 평생 처음이었다고 얘기했다. 그 두 형제가 법석을 떠는 모습, 그리고 그들이 걸친 엄청나게 많은 물건들, 그것들을 끈으로 묶고 단추로 고정시키느라고 앨리스가 겪은 고생들…….

"정말이지 준비가 다 끝나면 사람이 아니라 꼭 누더기 뭉치처럼 보이겠는걸!"

트위들디의 목둘레에 베개를 걸쳐주면서, 앨리스는 생각했다.

"머리가 잘리지 않기 위해서야."

트위들디가 말했다. 그리고 그는 매우 침통하게 덧붙였다.

"그건 전쟁을 하는 사람이 당할지 모르는 가장 심각한 일이라고 할 수가 있지. 머리가 잘리는 것 말이야."

앨리스는 웃음이 터질 뻔했지만 그가 기분 나빠할까봐 가까스로 얼버무렸다.

"나, 너무 창백해 보이니?"

트위들덤이 철모를 묶어달라고 다가오면서 말했다. (그는 철모라고 말했지만, 그것은 사실 스튜 냄비라고 부르는 편이 훨씬 더 어울렸다.)

"음, 글쎄. 조금 그래."

앨리스는 부드럽게 대답했다.

"난 무척 용감해, 보통 때는 말이야. 그런데 오늘은 머리가 좀 아파."

트위들덤은 나지막이 말했다.

"난 이빨이 아파!"

그 말을 엿들은 트위들디가 말했다.

"난 너보다 훨씬 더 아프다고!"

"그러면 너희들 오늘은 싸우지 않는 게 좋겠어."

앨리스는 두 형제를 화해시킬 좋은 기회라고 생각했다.

"그래도 조금은 싸워야만 해. 하지만 난 오래 싸워도 상관없어. 그런데 지금 몇 시지?"

트위들덤이 말했다.

트위들디가 자신의 손목시계를 들여다보며 말했다.

"4시 30분이야."

"6시까지 싸우고, 그런 다음에 저녁을 먹자."

트위들덤이 말했다.

"좋아."

다른 형제가 말했다. 그리고 조금 슬픈 목소리로 말했다.

"우리가 싸우는 걸 구경해도 돼. 너무 가까이 오지만 마. 난 진짜 흥분하면 눈에 보이는 대로 뭐든지 후려치거든."

"그리고 나도 손에 닿는 대로 뭐든지 후려친단다. 보이든지 보이지 않든지 간에 말이야."

트위들덤이 소리쳤다.

앨리스는 소리내어 웃었다.

"그럼 나무들을 칠 때가 많겠구나."

트위들덤은 만족스럽게 웃으며 주위를 두리번거렸다.

"싸움이 끝날 때쯤이면, 저 멀리까지 남아 있는 나무가 없을 거야."

"겨우 딸랑이 하나 때문에 싸우다니!"

그런 하찮은 일로 싸우는 것에 대해서 그들이 조금이나마 부끄러워하기를 바라며 앨리스가 말했다.

"그게 새것만 아니었어도, 내가 그렇게 속이 상하지는 않았을 거라고."

트위들덤이 말했다.

'그 괴물 같은 까마귀가 왔으면!'

앨리스는 생각했다.

"보다시피 칼은 하나밖에 없어. 하지만 너는 우산을 쓰면 돼. 그것도 칼 못지않게 날카로우니까 말이야. 이제 빨리 시작하자. 날이 많이 어두워졌어."

트위들덤이 그의 형제에게 말했다.

"점점 더 어두워지는데."

트위들디가 말했다.

너무 갑자기 어두워져서 앨리스는 분명히 폭풍우가 몰려오는 것이라고 생각했다.

"저 먹구름 좀 봐! 저렇게 빨리 몰려오다니! 날개라도 달고 있는 것 같잖아!"

앨리스가 말했다.

"까마귀다!"

트위들덤이 떨리는 목소리로 비명을 질렀다. 그리고 두 형제는 부리나케 달아나기 시작하더니 금세 눈앞에서 사라졌다.

앨리스는 숲 속으로 난 작은 길로 달려가서 커다란 나무 아래에 숨었다.

'여기 있으면 찾아내지 못하겠지.'

앨리스는 생각했다.

'저건 너무 커서 나무 사이로 비집고 들어오지 못할 거야. 저렇게 날개를 퍼덕거리지 않으면 좋으련만. 숲 속에 돌풍을 일으키잖아. 어머, 저기 숄이 날아가네!'

제 5 장

양털과 물

Wool and Water

그렇게 말하면서 앨리스는 숄을 붙잡았다. 그리고 주인을 찾아서 두리번거렸다. 잠시 후 하얀 말의 여왕이 두 팔을 앞으로 쭉 펴고 마치 나는 듯이 빠르게 숲 속으로 달려왔다. 앨리스는 숄을 들고 공손하게 여왕 앞으로 나아갔다.

"제가 마침 길에 있어서 정말 다행이에요."

앨리스는 그렇게 말하며 여왕이 다시 숄을 걸치는 것을 거들었다.

하얀 여왕은 겁에 질린 듯한 기운 없는 얼굴로 앨리스를 쳐다보며 계속 무어라고 중얼거렸는데 마치 '버터 바른 빵, 버터 바른 빵'이라고 말하는 것 같았다. 앨리스는 대화를 하려면, 자신이 무슨 말이든 해야 한다고 생각했다. 그래서 앨리스는 조금 조심스럽게 입을 열었다.

"제가 지금 하얀 말의 여왕님께 인사드리고addressing 있는 건가

요?"

"글쎄, 그렇다고 할 수 있겠지. 네가 그것을 굳이 옷입히기a-dressing라고 부르겠다면 말이야."

하얀 여왕이 말했다.

"난 전혀 그렇게 생각하지는 않지만." (앨리스는 '인사하다' 라고 말했는데, 여왕은 '옷을 입히다' 로 들었다—옮긴이)

앨리스는 대화를 시작하자마자 말싸움을 하고 싶지 않아서, 미소를 지으며 말했다.

"폐하께서 시작하는 방법을 알려주시면, 최선을 다하겠습니다."

"하지만 나는 그런 것은 바라지도 않아!"

여왕이 투덜거렸다.

"옷 입느라고 두 시간이나 허비했어."

앨리스가 보기엔 옷시중을 들어주는 사람이 있었다면 훨씬 좋았을 것 같았다. 여왕의 옷차림은 말도 못하게 지저분했다.

'하나같이 구겨진데다가, 머리엔 온통 핀투성이야!'

앨리스는 몰래 생각했다.

"제가 숄을 바르게 걸쳐 드릴까요?"

앨리스는 큰 소리로 물었다.

"뭐가 문제인지 모르겠구나!"

여왕이 서글픈 목소리로 말했다.

"기분이 나빴었나봐. 여기에도 핀을 꽂고, 저기에도 핀을 꽂았는데 마음에 들지가 않아!"

"한쪽에만 핀을 꽂았으니 제대로 되지가 않죠."

앨리스는 상냥하게 핀을 제대로 꽂아주었다.

"어머나! 머리가 엉망이에요!"

"브러시가 머리카락 속에서 엉켜버렸어!"

여왕은 한숨을 쉬며 말했다.

"그리고 빗은 어제 잃어버렸단다!"

앨리스는 조심스럽게 브러시를 풀어내고, 조심조심 머리를 빗어주었다.

"자, 이제 훨씬 좋아졌어요!"

핀들을 모두 다시 꽂은 후에 앨리스가 말했다.

"하지만 시중을 들어주는 하녀를 두셔야 되겠어요."

"너라면 기꺼이 채용하마!"

여왕이 말했다.

"일주일에 2펜스, 그리고 이틀에 한 번씩 잼을 주마."

앨리스는 웃음을 참을 수가 없었다.

"저는 일자리가 필요 없어요. 그리고 잼은 별로 좋아하지 않아요."

"아주 좋은 잼이야."

여왕이 말했다.

"어쨌든 전 오늘은 잼이 먹고 싶지 않아요."

"먹고 싶어도 먹을 수가 없지."

여왕이 말했다.

"그게 규칙이야. 내일 잼, 그리고 어제 잼. 하지만 오늘 잼은 결코 없어."

"언젠가는 오늘 잼이 올 수밖에 없잖아요."

앨리스가 반박했다.

"아니, 그렇게는 안 돼. 잼은 이틀에 한 번이야. 너도 알겠지만, 오늘은 '오늘이 아닌 날'이 될 수 없으니까 말이야."

여왕이 말했다.

"이해가 안 돼요. 너무 헷갈려요."

앨리스는 호소했다.

"그게 거꾸로 사는 거란다. 처음엔 모두들 조금 어지러워하지."

여왕이 친절하게 말했다.

"거꾸로 산다고요!"

앨리스는 깜짝 놀라서 소리쳤다.

"그런 건 처음 들어봐요!"

"하지만 그것엔 꽤 큰 장점이 있단다. 기억이 앞뒤로 작용하거든."

"제 기억력은 한쪽으로만 작용하는 게 분명해요. 어떤 일이 일어나기 전에는 기억을 하지 못해요."

"뒤로만 작용을 하다니 형편 없는 기억이로구나."

여왕이 말했다.

"무슨 일이 가장 기억에 남았나요?"

앨리스는 용기를 내어서 물었다.

"오, 그건 바로 다음 주에 일어날 일들이지."

여왕은 아무렇지 않게 대답했다.

"예를 들면."

여왕은 계속 말을 하면서 자기 손가락에 커다란 고약 한 조각을 붙였다.

"왕의 시종이 있어. 지금 벌을 받아서 감옥에 갇혀 있지. 재판은 다음 주 수요일에나 열릴 거야. 당연히 범죄는 가장 나중에 저질러지지."

"그럼 그 사람은 아직 범죄를 저지르지도 않은 거잖아요?"

앨리스가 말했다.

"그게 더 낫잖아, 안 그러니?"

고약 위에 반창고를 둘러 고정시키면서 여왕이 말했다.

앨리스는 여왕의 말이 그럴듯하다고 느꼈다.

"물론 그게 더 나아요. 하지만 그 사람이 벌을 받는 것은 더 낫다고 할 수가 없어요."

앨리스는 말했다.

"그 말은 틀렸어. 너 벌받아본 적 있니?"

여왕이 물었다.

"잘못을 하면요."

앨리스가 말했다.

"그래서 너는 더 좋아졌잖아, 그렇고말고!"

여왕이 의기양양하게 말했다.

"그래요, 하지만 저는 벌받을 만한 일을 한 다음에 벌을 받았어요. 그건 완전히 달라요."

앨리스가 말했다.

"하지만 네가 벌받을 일을 하지 않았다면, 그게 더 좋은 거야, 좋고말고, 그럼 좋고말고, 좋고말고!"

한마디 할 때마다 여왕의 목소리는 점점 더 높아졌고, 마침내 찍찍거리는 소리를 냈다.

"뭔가 잘못되고 있나봐요……."

앨리스가 이렇게 말하기 시작했을 때 여왕이 비명을 지르기 시작했다. 비명소리가 너무나 커서 앨리스는 말을 미처 끝맺을 수가 없었다.

"아얏, 아얏, 아얏!"

여왕은 손을 마구 흔들며 비명을 질렀다. 할 수만 있다면 손을 떼어버리고 싶은 사람 같았다.

"손가락에서 피가 나! 아얏! 아얏! 아얏!"

여왕은 증기 기관이 내는 기적 소리처럼 시끄럽게 울부짖었고, 앨리스는 양 손으로 귀를 막지 않을 수가 없었다.

"뭐가 문제예요?"

잠시 비명소리가 작아진 틈을 놓치지 않고 앨리스가 물었다.

"아직 찔리지는 않았어. 하지만 곧 그렇게 될 거야. 아얏! 아얏!"

"언제 그럴 건데요?"

앨리스는 웃음이 터지려는 것을 느끼며 물었다.

"내가 숄을 다시 걸칠 때."

가엾은 여왕은 신음소리를 냈다.

"곧 브로치가 풀릴 거야. 아얏, 아얏!"

여왕이 그 말을 하는 순간 브로치가 풀렸고 여왕은 브로치를 꽉 움켜잡아서 다시 고정시키려고 했다.

"조심해요!"

앨리스는 깜짝 놀라서 소리쳤다.

"너무 꽉 쥐었잖아요."

그리고 앨리스는 브로치를 잡았다. 그러나 너무 늦었다. 바늘이 빠졌고, 여왕은 손가락을 찔리고 말았다.

"피가 날 거라고 했지."

여왕이 미소를 지으며 말했다.

"자, 이제 여기에서 일어나는 일들의 방식을 이해하겠니?"

"그런데 왜 지금은 비명을 지르지 않죠?"

두 손으로 다시 귀를 막을 준비를 하며 앨리스가 물었다.

"왜냐니, 비명은 이미 다 질렀잖니. 처음부터 다시 해서 좋을 게 뭐가 있어?"

여왕이 말했다.

어느새 하늘이 다시 밝아지고 있었다.

"까마귀가 날아갔나봐요. 가버려서 다행이에요. 전 밤이 된 줄 알았어요."

앨리스가 말했다.

"나도 기뻐할 줄 알았으면 좋으련만!"

여왕이 말했다.

"기뻐하는 방식이 기억나지가 않아. 이 숲에서 살면서 기쁠 때 기뻐할 수 있으니, 너는 무척 행복하겠구나."

"하지만 여기는 너무 외로운걸요!"

앨리스는 슬픈 목소리로 말했다. 그리고 외롭다는 생각을 하자, 두 줄기 눈물이 앨리스의 뺨을 타고 흘러내렸다.

"오, 그러면 못써!"

가엾은 여왕은 어쩔 줄 몰라서 두 손을 비비며 소리쳤다.

"네가 얼마나 대단한 여자애인지 생각해보렴. 네가 오늘 얼마나 먼 길을 왔는지 생각해봐. 지금이 몇 시인지 생각해봐. 뭐든지 생각을 해, 울지만 말고!"

여전히 눈물을 흘리고 있었지만, 이 말을 들은 앨리스는 웃음을 참을 수가 없었다.

"여왕님은 그런 일들을 생각하면 울지 않을 수가 있나요?"

앨리스는 물었다.

"당연하지."

여왕은 자신 있게 말했다.

"아무도 한 번에 두 가지 일을 하지는 못한단다. 네 나이부터 시작하자, 몇 살이지?"

"일곱 살 반이에요, 정확하게."

"'정확히' 말할 필요 없어."

여왕이 말했다.

"그 말을 하지 않아도 믿으니까 말이야. 이제 너에게 믿을 만한 사실을 알려주마. 나는 꼭 백한 살하고 다섯 달 하루를 살았단다."

"그럴 리가요!"

앨리스가 말했다.

"그럴 리가라고?"

여왕은 안됐다는 듯이 말했다.

"다시 생각해봐. 심호흡을 하고, 눈을 감고 말이야."

앨리스는 소리내어 웃었다.

"아무 소용 없어요. 불가능한 것을 믿을 수는 없어요."

"너는 연습을 많이 하지 않은 게 분명해."

여왕이 말했다.

"내가 네 나이였을 때는 날마다 하루에 30분씩 연습을 했어. 때로는 아침 먹기 전에 불가능한 일을 여섯 가지나 믿게 되곤 했으니까. 이런, 숄이 다시 날아가잖아!"

여왕이 말을 하는 동안 브로치가 풀렸고, 갑자기 돌풍이 불어서 여왕의 숄을 작은 시냇물 건너편으로 날려버렸다. 여왕은 다시 두 팔을 활짝 펴고 숄을 쫓아서 날아갔다. 그리고 이번에는 자신이 숄을 잡는 데 성공했다.

"잡았다!"

여왕은 자랑스럽게 소리쳤다.

"이제 순전히 나 혼자서, 다시 핀을 꽂는 모습을 보여줄게!"

"그럼 지금은 손가락이 괜찮은가 보네요?"

앨리스는 공손하게 말하고, 여왕을 따라서 작은 시냇물을 건넜다.

"오오, 많이 좋아졌단다!"

여왕이 큰 소리로 말했다. 여왕의 목소리는 점점 더 쥐어짜는 듯이 높아졌다.

"많이 좋아졌어! 마아~니! 마아아~니! 매~에에!"

마지막 말은 길게 우는 매에 소리로 끝났다. 꼭 양이 우는 소리처럼 들려서 앨리스는 깜짝 놀랐다.

앨리스는 여왕을 쳐다보았다. 여왕은 갑자기 양털로 몸을 휘감은 것처럼 보였다. 앨리스는 두 눈을 비비고, 다시 쳐다보았다. 도대체 무슨 일이 일어났는지 이해할 수가 없었다. 내가 가게에 있었나? 그리고 계산대 안쪽에 앉아 있는 것은 진짜로, 진짜로 양인가? 다시 눈을 비비고 봐도 그것은 틀림없는 양이었다. 앨리스는 작고 어두운 가게에서 팔꿈치를 계산대에 기대고 서 있었고, 맞은편에는 늙은 양이 팔걸이 의자에 앉아서 뜨개질을 하면서 때때로 커다란 안경 너머로 앨리스를 쳐다보고 있었다.

"뭘 살 거니?"

마침내 뜨개질을 멈추고 고개를 들어서 양이 물었다.

"아직 잘 모르겠어요."

앨리스는 상냥하게 말했다.

"괜찮다면, 먼저 가게를 둘러보고 싶어요."

"네 앞쪽과 양쪽은 봐도 좋아, 네가 원한다면 말이다. 하지만 다 둘러볼 수는 없단다. 뒤통수에 눈이 있지는 않으니까 말이야."

그런데 물론 앨리스는 뒤통수에 눈이 없었으므로 몸을 돌려서 가게 안을 보는 것으로 만족했다.

가게에는 갖가지 이상한 물건들이 가득 차 있는 것처럼 보였다. 하지만 무엇보다 이상한 점은 앨리스가 그것이 무엇인지 정확하게 보려고 어느 선반을 눈여겨볼 때마다, 그 진열대는 텅 비는 것이었다. 그렇지만 주위의 다른 선반에는 물건이 한 아름씩 쌓여 있었다.

"여기에서는 물건들이 흘러다니나봐!"

인형처럼도 보이고 재봉 상자처럼도 보이는 커다랗고 반짝이는 물건을 따라다니다가 실패한 앨리스가 마침내 서글프게 말했다. 앨리스가 원하는 물건은 언제나 옆의 선반으로 옮겨가 있었다.

"이건 정말 짜증스러운 일이야. 하지만 잠깐……."

앨리스의 머리에 갑자기 어떤 생각이 떠올랐다.

"저기 맨 위의 선반으로 올라갈 때까지 따라가봐야겠다. 천정을 뚫고 나가지는 못하겠지."

그러나 그 계획조차 실패했다. 그 물건은 아주 자연스럽게 천정을 뚫고 나가버렸다.

"너는 아이니, 아니면 네모 팽이니?"

양이 또 다른 바늘 한 쌍을 집어 들며 말했다.

"네가 그렇게 계속 팽이처럼 돌아다니면, 내가 어지럽지 않겠니."

늙은 양은 이제 동시에 열네 쌍의 바늘을 가지고 뜨개질을 하고 있었다. 앨리스는 깜짝 놀란 얼굴로 양을 쳐다보았다.

'저렇게 많은 바늘로 어떻게 뜨개질을 할 수가 있지?'

앨리스는 어리둥절해져서 생각했다.

"점점 고슴도치처럼 변해가잖아!"

"노 저을 줄 아니?"

뜨개바늘 한 쌍을 앨리스에게 건네면서 양이 물었다.

"네, 조금요. 하지만 땅 위에서는……, 그리고 뜨개바늘로는 불가능……."

앨리스가 말하는 도중에 바늘이 한 쌍의 노로 변했다. 그리고 앨리스는 어느새 강둑 사이를 둥둥 흘러가는 작은 보트 안에 양과 함께 앉아 있었다. 따라서 이제 앨리스는 최선을 다해서 노를 저을 수밖에 없었다.

"깃털!"

또 다른 뜨개바늘 한 쌍을 집어 들면서 양이 말했다.

대답을 바라는 말이 아닌 것처럼 들렸으므로, 앨리스는 묵묵히 노를 저었다. 이 강물은 뭔가 매우 이상해, 앨리스는 생각했다. 노가 물속에서 붙어버렸는지 다시 물 밖으로 꺼내기가 무척 힘들었다.

"깃털로 저어! 깃털로!"

양이 더 많은 뜨개바늘을 집어 들고 소리쳤다.

"잘못하면 곧장 게를 잡게 생겼잖아!"

'예쁜 작은 게라고!'

앨리스는 생각했다.

'그걸 잡았으면 좋겠다.'

" '깃털' 이라는 말 못 들었어?"

뜨개바늘 한 뭉치를 집어 들고, 양이 화난 목소리로 외쳤다.

"들었어요. 여러 번, 그것도 큰 소리로 말하셨잖아요. 그런데 게는 어디 있어요?"

"그야 물속에 있지!"

양이 말했다. 그러면서 양은 두 손이 가득 찼기 때문에 바늘 몇 개를 머리카락 속에 찔러넣었다.

"깃털이라니까!"

"왜 그렇게 자꾸 '깃털' 이라고 말하세요? 저는 새가 아니라고요!"

마침내 앨리스는 조금 짜증이 나서 말했다.

"너는, 너는 새끼거위야."

양이 말했다.

이 말에 앨리스는 조금 화가 났다. 그래서 잠시 동안 배에는 침묵이 흘렀고, 그동안 배는 둥둥 흘러갔다. 때로는 잡초 들판을 지나고 (노는 점점 더 물속에 단단히 박혔다), 때로는 나무 아래를 지나갔다. 그러나 언제나 그들의 머리 위쪽으로는 똑같은 높은 강둑이 험상궂게 내려다보고 있었다.

"어머, 부탁이에요! 저기 골풀이 있어요!"

갑자기 기쁜 목소리로 앨리스가 소리쳤다.

"정말 저기 있어요. 너무 예뻐요!"

"나한테 '부탁' 할 필요 없어."

뜨개질을 하느라고 고개도 들지 않고 양이 말했다.

"내가 저기 심지도 않았고, 빼앗지도 않을 테니까 말이야."

"아뇨, 제 말은, 부탁이에요. 잠깐 배를 멈추고 몇 개 꺾어도 될까요?"

앨리스가 부탁했다.

"내가 어떻게 배를 세우지?"

양이 말했다.

"네가 노를 젓지 않으면, 배가 멈출 거 아니니."

그래서 배는 물결을 따라 흘러가지 않고, 물결치는 골풀 사이로 나아갔다. 그런 다음 앨리스는 소매를 조심스럽게 걷어 올리고, 배가 멈춘 곳에서 조금 멀리 떨어진 골풀을 잡으려고 작은 두 팔을 팔꿈치까지 물속에 담갔다. 그러느라고 얼마 동안 앨리스는 양도, 뜨개질도 모두 잊어버렸다. 앨리스는 배 옆으로 몸을 숙이고 헝클어진 머리카락을 물속으로 늘어뜨린 채, 눈을 반짝이며 사랑스러운 골풀을 한 송이씩 꺾었다.

"배가 뒤집히면 안 되는데!"

앨리스는 생각했다.

"어머, 너무나 예뻐! 그런데 손에 닿지가 않네."

앨리스는 조금 짜증스러웠다.

'꼭 일부러 그러는 것 같아.'

앨리스는 생각했다.

배 옆으로 스치는 아름다운 골풀을 많이 꺾을 수가 있었지만, 언제나 더 아름다운 골풀에는 손이 닿지 않았다.

"가장 예쁜 꽃이 언제나 가장 멀리 있잖아!"

결국 앨리스는 그렇게 먼 곳에서 자라는 고집스러운 골풀을 쳐다보며 한숨을 쉬었다. 두 뺨은 발갛게 달아오르고 머리카락과 손에서는 물을 뚝뚝 흘리면서, 앨리스는 원래 자리로 돌아왔다. 그리고 새로 얻은 보물을 정리하기 시작했다.

그런데 무엇이 문제일까? 앨리스가 꺾은 그 순간부터 골풀은 향기와 아름다움을 잃고 시들기 시작했다. 물론 현실적인 세계의 골풀도 아주 잠깐 싱싱할 뿐이지만, 이 비현실적인 세계의 골풀들은 앨리스의 발밑에 쌓이는 순간, 눈처럼 녹아버리는 것이었다. 그러나 앨리스는 생각해야 할 다른 이상한 일들이 너무 많았기 때문에 이 사실을 거의 알아차리지 못하고 있었다.

얼마 가지 않아서 한쪽 노가 물속에 박히더니 다시 나오지 않았다. (나중에 앨리스는 이렇게 설명했다.) 앨리스는 노의 손잡이를 턱 밑에서 잡고 "이얏! 이얏! 이얏!" 작게 고함을 치며 애를 썼지만 결국 골풀더미 위에 쓰러지고 말았다.

그렇지만 앨리스는 조금도 다치지 않았고, 금방 일어났다. 양은 그동안 내내 아무 일도 없다는 듯이 뜨개질을 계속하고 있었다.

"아주 멋지게 게를 잡았군!"

배 밖으로 떨어지지 않은 것에 안심하며 앨리스가 자기 자리를 찾아서 앉자, 양이 말했다.

"그랬어요? 저는 못 봤어요."

앨리스는 조심스럽게 배 옆으로 어두운 물속을 내려다보았다.

"놓치지 않았으면 좋았을 텐데. 작은 게를 집에 가져가고 싶었는데!"

그러나 양은 비웃듯이 웃으며, 뜨개질을 계속했다.

"여기에 게들이 많은가요?"

앨리스가 물었다.

"게들, 그리고 온갖 것들이 있지."

양이 말했다.

"얼마든지 선택할 수가 있어. 결정만 하면 되지. 자, 뭘 사겠니?"

"산다고요!"

앨리스는 놀랍기도 하고 두렵기도 한 목소리로 되물었다. 노들, 배, 그리고 강이 순식간에 사라져버리고, 자신이 어느새 다시 어두운 가게 안에 있었기 때문이었다.

"달걀을 하나 살게요."

앨리스는 조그맣게 말했다.

"얼마예요?"

"하나에 5펜스, 두 개엔 2펜스야."

양이 말했다.

"그럼 두 개가 하나보다 싸잖아요?"

지갑을 꺼내다가 앨리스는 깜짝 놀라서 물었다.

"두 개를 사면, 둘 다 먹어야만 해."

양이 말했다.

"그러면 하나만 사겠어요."

앨리스는 돈을 계산대에 내려놓았다. 그리고 속으로 '어차피 좋은 달걀이 아닐 거야' 라고 생각했다.

양은 돈을 집어서 상자 속에 집어넣었다. 그런 다음 양은 말했다.

"나는 절대로 사람들 손에 물건을 놓아주지 않아. 그럴 필요가 전혀 없거든. 네가 직접 물건을 가져와야만 해."

그렇게 말하고, 양은 가게 저편으로 걸어가더니, 선반 위에 달걀 하나를 똑바로 세웠다.

'왜 저렇게 하지?'

가게가 끝으로 갈수록 더 어두웠으므로, 앨리스는 탁자들과 의자들 사이를 더듬더듬 걸어가며 생각했다.

"저 달걀은 내가 다가갈수록 점점 더 멀어지는 것 같아. 어디 보자, 이게 의자인가? 어머나, 이건 나뭇가지야, 틀림없어! 여기에 나무가 자라고 있다니 정말 이상하네! 그리고 여기 시냇물도 있잖아! 어머, 이런 이상한 가게는 처음 봐!"

앨리스는 한 걸음씩 뗄 때마다 점점 더 어리둥절해졌다. 앨리스가 다가가는 순간 모든 것들이 나무로 변했다. 앨리스는 달걀도 결국 그렇게 되겠구나 생각하며 계속 앞으로 걸어나갔다.

제 6 장

험프티 덤프티

Humpty Dumpty

그렇지만 달걀은 점점 더 커지더니 점점 더 사람처럼 변했다. 몇 발자국 앞에까지 간 앨리스는 달걀에 눈과 코와 입이 있는 것을 보았다. 그리고 바짝 다가간 순간 앨리스는 분명히 그것이 험프티 덤프티(영국에서 옛날부터 전해오는 민간 동요집에 나오는 커다란 계란 모양의 인물—옮긴이)임을 알 수가 있었다.

"달리 누구겠어! 틀림없어, 얼굴 가득 이름을 써놓은 거나 마찬가지인걸!"

그 거대한 얼굴에는 백 번도 더 이름을 쓸 수가 있을 것 같았다. 험프티 덤프티는 터키 사람처럼 다리를 꼬고 높은 벽 위에 앉아 있었다. 앨리스는 저렇게 좁은 곳에서 어떻게 그가 균형을 잡을 수 있는지 무척 의아스러웠다. 그는 내내 반대편에 시선을 고정시키고 있어서 앨리스의 존재를 전혀 모르는 것 같았다. 앨리스는 그가 박제가 분명하다고 생각했다.

"어쩌면 저렇게 달걀과 똑같이 생겼을까!"

앨리스는 소리내어 말했다. 그리고 그 순간 그가 떨어질 듯이 보여서 그를 잡으려고 두 손을 위로 뻗었다.

"정말 짜증스럽군."

긴 한숨을 쉰 험프티 덤프티가 입을 열었다. 그러나 그는 앨리스를 쳐다보지도 않았다.

"달걀이라고 부르다니, 세상에!"

"전 그냥 당신이 달걀처럼 보인다고 말한 거예요."

앨리스는 부드럽게 설명했다. 그리고 자신의 표현이 칭찬으로 들렸기를 바라는 마음으로, 한 마디 더 덧붙였다.

"그리고 어떤 달걀들은 아주 예쁘잖아요."

여전히 앨리스를 외면한 채 험프티 덤프티가 말했다.

"어떤 사람들은 아기보다 더 생각이 없지."

앨리스는 뭐라고 해야 할지를 몰랐다. '이건 대화라고 할 수가 없어' 라고 앨리스는 생각했다. 그는 앨리스를 쳐다보지도 않았다. 사실 그의 마지막 말은 분명히 나무에다 대고 한 말이었다. 그래서 앨리스는 그 자리에 선 채 마음속으로 조용히 시를 하나 외웠다.

"험프티 덤프티가 벽 위에 앉아 있네.

험프티 덤프티가 심하게 떨어졌네.

왕의 말들과 신하들이 모두 와도

험프티 덤프티를 제자리에 돌려놓을 수가 없네."

"마지막 싯구가 너무 길어."

험프티 덤프티가 들을 수 있다는 것을 깜박 잊고 앨리스는 하마터면 소리내어 이렇게 말할 뻔했다.

"그렇게 혼자서 계속 중얼거리지 마."

처음으로 앨리스를 쳐다보며, 험프티 덤프티가 말했다.

"네 이름과 무엇 때문에 왔는지나 들어보자."

"제 이름은 앨리스예요. 하지만……."

"정말 바보 같은 이름이로군!"

험프티 덤프티가 불쑥 앨리스의 말을 자르며 끼어들었다.

"그게 무슨 뜻이지?"

"이름에 꼭 무슨 의미가 있어야만 하나요?"

앨리스가 의아스럽게 물었다.

"당연하지, 그래야 하고말고."

험프티 덤프티가 짧게 웃음을 터뜨리며 말했다.

"내 이름은 내가 생긴 모양과 그 모양이 아주 잘생겼다는 의미를 갖고 있어. 너 같은 이름이라면 어떤 모양이든지 될 수 있겠는걸."

"왜 혼자서 여기 앉아 있어요?"

앨리스는 말싸움을 하고 싶지 않아서 다른 질문을 던졌다.

"그야, 나밖에 아무도 없으니까 그렇지!"

험프티 덤프티가 소리쳤다.

"내가 그 질문에 대답을 못 할 거라고 생각했니? 다른 걸 물어보지그래."

"바닥에 앉는 게 더 안전하지 않을까요?"

문제를 더 낸다는 생각이 아니라 진심으로 이 기묘하게 생긴 생물이 걱정이 되어서, 앨리스가 다시 물었다.

"그 벽은 너무 좁잖아요!"

"어쩜 그렇게 터무니없이 쉬운 질문들만 하는 거야!"

험프티 덤프티가 퉁명스럽게 대답했다.

"물론 나는 그렇게 생각하지 않아! 그래도 만일 내가 떨어지면, 그럴 리는 없지만, 그래도 만일 내가 떨어지면……."

이 말을 하면서 그는 입술을 오므렸는데, 그 모습이 너무 엄숙하고 심각해 보여서 앨리스는 간신히 웃음을 억눌렀다.

"그래도 만일 내가 떨어지면."

그는 계속해서 말했다.

"왕이 나에게 약속을 했지. 아, 얼마든지 놀라도 좋아! 내가 이런 말을 하리라고는 생각도 못 했겠지, 안 그래? 왕이 나에게 약속을 했어. 난 왕과 직접 말을 했다고. 바로 내가 말이야……."

"왕의 말들과 신하들을 모두 보내주기로요."

현명하지 못하게 앨리스는 그의 말을 자르며 끼어들었다.

"정말 형편없는 아이로구나!"

험프티 덤프티는 벌컥 화를 냈다.

"문 뒤에서 엿들었지, 나무 뒤에서, 그리고 굴뚝 밑에서? 아니면 네가 그걸 알 리가 없어!"

"아니에요, 진짜 아니에요!"

앨리스는 부드럽게 말했다.

"책에서 읽었어요."

"아하, 그렇군! 책에 그런 일들이 적혀 있을 수도 있지."

험프티 덤프티가 엄숙하게 말했다.

"그게 영국의 역사라는 책이지, 그렇지. 자, 이제 나를 자세히 보렴! 나는 왕과 이야기를 한 사람이란다. 아마 넌 다시는 나 같은 사람을 보지 못할 거야. 그리고 말해두지만, 나는 거만하지 않아. 그러니 나와 악수를 해도 좋아!"

그리고 그는 입이 귀 밑까지 찢어지게 웃으며, 몸을 앞으로 기울여서(그러느라고 그는 거의 벽에서 떨어질 듯이 보였다) 앨리스에게 손을 내밀었다.

앨리스는 악수를 하며 조금 불안한 마음으로 그를 쳐다보았다.

"더 크게 웃었다가는 머리 뒤에서 입이 만나겠어. 그러면 머리가 어떻게 된담. 그러다가 머리가 잘리면 어떻게 하지!"

"그래, 왕의 말들과 신하들이."

험프티 덤프티가 말을 이었다.

“금세 나를 다시 일으켜줄 거야, 아무렴! 그렇지만 대화가 좀 너무 빠르게 진행되고 있는걸. 바로 전 마지막에 했던 말로 돌아가자.”

“죄송하지만 잘 기억이 나지 않아요.”

앨리스는 공손하게 말했다.

“그럼 새로 시작하지 뭐.”

험프티 덤프티가 말했다.

“그러면 이제 내가 주제를 선택할 차례지.”

(‘마치 시합이라도 되는 것처럼 이야기를 하네!’ 앨리스는 생각했다.)

“너에게 질문을 하지. 네가 몇 살이라고 말했지?”

앨리스는 잠깐 계산을 하고 나서 말했다.

“일곱 살하고 여섯 달요.”

“틀렸어!”

험프티 덤프티는 의기양양하게 소리쳤다.

"너는 그런 말을 한 적이 없어!"

"저는 '너는 몇 살이지?' 라고 묻는 줄 알았어요."

앨리스가 설명했다.

"내가 그럴 생각이었으면 그렇게 물었지."

험프티 덤프티가 말했다.

앨리스는 또다시 말싸움을 하기가 싫어서 아무 말도 하지 않았다.

"일곱 살하고 여섯 달이라니!"

험프티 덤프티가 생각에 잠긴 얼굴로 말했다.

"불편한 나이야. 네가 나에게 조언을 구했다면, 나는 '일곱 살에서 멈춰라' 고 말했을 거야. 하지만 이젠 너무 늦은 말이지."

"저는 자라는 것에 대해서는 절대로 조언을 구하지 않아요."

앨리스가 뾰로통해서 대꾸했다.

"너무 잘난 체하는 것 아닐까?"

험프티 덤프티가 다시 물었다.

앨리스는 이 말에 더욱더 화가 났다.

"제 말은 사람이 나이를 먹는 것은 어쩔 수가 없다는 뜻이라고요."

"한 사람은 어쩔 수 없을지도 모르지."

험프티 덤프티가 말했다.

"하지만 두 사람은 달라. 적절하게 돕는다면, 일곱 살로 남을 수도 있어."

"어머, 정말 멋진 허리띠를 차고 있네요!"

앨리스가 갑자기 말했다. ('이제 나이 얘기는 질리도록 했어' 라고 앨리스는 생각했다. 그리고 그들이 진짜로 차례대로 주제를 선택하고 있다면, 이번에는 앨리스가 주제를 선택할 차례였다.)

"음."

앨리스는 다시 생각한 후에 말을 바꾸었다.

"멋진 넥타이예요, 그렇게 말을 했어야 했는데, 아니, 허리띠라고, 아니, 제 말은……, 죄송해요!"

앨리스는 당황해서 말했다. 험프티 덤프티는 매우 화가 난 것 같았다. 앨리스는 이런 주제를 선택하는 게 아니었다고 후회하기 시작했다.

앨리스는 마음속으로 생각했다.

'어디가 목이고 어디가 허리인지 알았으면!'

분명히 험프티 덤프티는 무척 화가 나 있었지만, 잠깐 동안 아무 말도 하지 않았다. 다시 입을 열었을 때 그의 목소리는 낮고 퉁명스러웠다.

"이건 너무나 짜증스러운 일이야."

마침내 그가 말했다.

"허리띠와 넥타이를 구분하지 못하다니!"

"제가 너무 무식한 거죠."

앨리스가 너무나 처량하게 말을 하자 험프티 덤프티는 화가 누그러졌다.

"이건 넥타이란다, 얘야. 그리고 네 말대로 멋있는 거야. 하얀 말의 왕과 여왕으로부터 받은 선물이지. 잘 보렴!"

"정말이에요?"

앨리스는 마침내 좋은 이야기 주제를 찾아서 너무 기뻤다.

"그들이 나에게 주었단다."

험프티 덤프티는 다리를 꼬고 두 손으로 무릎을 감싼 채 곰곰이 생각에 잠긴 얼굴로 말을 이었다.

"생일이 아닌 날 선물로."

"잠깐 물어봐도 돼요?"

앨리스가 어리둥절한 얼굴로 말했다.

"괜찮아. 나, 화 안 났어."

험프티 덤프티가 말했다.

"생일이 아닌 날 선물이 뭐예요?"

"물론 생일이 아닌 날 주는 선물이지."

앨리스는 잠깐 생각을 했다.

"저는 생일날 선물이 가장 좋아요."

이윽고 앨리스가 말했다.

"아무것도 모르는구나!"

험프티 덤프티가 소리쳤다.

"1년은 며칠이지?"

"365일이요."

앨리스가 말했다.

"그리고 네 생일은 몇 번 있지?"

"한 번이요."

"그러면 365일에서 하루를 빼면 얼마가 남지?"

"364일이죠."

험프티 덤프티는 의심스러운 표정을 지었다.

"종이에 계산을 해보는 게 좋겠어."

그가 말했다.

앨리스는 수첩을 꺼내면서 미소를 참을 수가 없었다. 그리고 험프티 덤프티를 위해서 계산을 했다.

$$\begin{array}{r} 365 \\ \underline{1} \\ \underline{364} \end{array}$$

험프티 덤프티는 수첩을 잡고 한참 들여다보았다.

"맞게 계산한 것 같군."

그가 말했다.

"거꾸로 잡고 있잖아요!"

앨리스가 참지 못하고 말했다.

"그렇군!"

험프티 덤프티는 앨리스가 수첩을 제대로 돌려놓자 쾌활하게 말했다.

"어쩐지 조금 이상하다고 생각했어. 말했지만, 맞게 계산한 것처럼 보이는군. 그렇지만 지금은 이걸 자세하게 보고 있을 시간이 없어. 아무튼 이걸 보면 생일 아닌 날 선물을 받으면 364번을 받을 수가 있다는 것을 알 수가 있지."

"그렇기는 해요."

앨리스가 말했다.

"그럼 생일 선물은 오직 한 번밖에 받을 수 없다는 것을 알았겠구나. 영광스럽게도!"

"'영광' 이라니, 전 무슨 뜻인지 모르겠어요."

앨리스가 말했다.

험프티 덤프티는 비웃듯이 미소를 띠었다.

"당연히 모르겠지, 내가 설명해주기 전까지는 말이야. 그건 '너를 논쟁에서 멋지게 이겼다!' 라는 뜻이야."

"하지만 '영광' 은 '논쟁에서 멋지게 이겼다' 라는 뜻이 아니잖아요."

앨리스가 항의했다.

"내가 단어를 쓰면, 그 단어는 내가 선택한 의미만 띠게 되는 거야, 더도 말고 덜도 말고."

매우 경멸하는 말투로 험프티 덤프티가 말했다.

"문제는, 당신이 단어들의 의미를 너무나 딴판으로 만드는 데 있어요."

앨리스가 말했다.

"문제는, 누가 주인이 되느냐지. 그게 다야."

험프티 덤프티가 말했다.

앨리스는 너무나 어리둥절해서 아무 말도 하지 못했다. 그러자 잠시 후에 험프티 덤프티가 다시 말을 하기 시작했다.

"단어들도 성격이 있어. 그중에서도 특히 동사가 그래. 자존심이 가장 강하지. 형용사는 어떻게든 할 수가 있어. 하지만 동사는 안 돼. 그렇지만 나는 그것들 전부를 다룰 수가 있다고! 절대적! 바로 그거야!"

"죄송하지만, 그게 무슨 뜻이죠?"

앨리스가 물었다.

"이제야 네가 분별 있는 아이처럼 말을 하는구나."

매우 만족스러운 표정으로 험프티 덤프티가 말했다.

"'절대적' 이라는 단어는 우리는 그 주제에 대해서 충분히 이야기를 했고, 너의 나머지 인생 전부를 여기에서 멈추려는 게 아니라면 다음 이야기로 넘어가는 편이 좋겠다는 뜻이야."

"한 단어가 의미하는 게 정말 많네요."

앨리스가 생각에 잠긴 말투로 말했다.

"내가 한 단어에 그렇게 많은 작업을 시킬 때는, 언제나 시간 외수당을 지불한단다."

험프티 덤프티가 말했다.

"어머나!"

앨리스는 너무 놀라서 다른 말을 할 수가 없었다.

"그래, 네가 토요일 저녁에 단어들이 내 주위로 몰려드는 것을 봐야 하는데."

험프티 덤프티는 진지하게 고개를 좌우로 흔들면서 말을 이었다.

"급료를 달라고 하는 걸 말이야."

(앨리스는 그들에게 급료로 무엇을 주는지 물어볼 용기가 나지 않았다. 그러므로 나도 여러분에게 그것을 말해줄 수가 없다.)

"단어를 설명하는 데 무척 재주가 많으신가봐요."

앨리스가 말했다.

"괜찮으시면 「재버워키」라는 시의 뜻을 설명해주시겠어요?"

"어디, 들어보자."

험프티 덤프티가 말했다.

"나는 이미 지어진 시들은 모두 설명할 수가 있어. 그리고 아직 지어지지 않은 대부분의 시들도."

이 말에 희망을 얻은 앨리스는 첫 연을 외웠다.

지글녘, 유끈한 토브들이

사이넘길 한쪽을 발로 빙돌고 윙뚫고 있었네.

보로고브들은 너무나 밈지했네.
　몸 레스들은 꽥꽥 울불었네.

"일단 그걸로 충분해."

험프티 덤프티가 중간에 끼어들었다.

"어려운 단어들이 꽤 많이 나오는걸. '지글녁' 이란 오후 4시를 뜻하는 거야. 저녁에 먹을 고기를 지글지글 굽기 시작하는 시간 말이야."

"그게 바로 그런 뜻이었군요. 그럼 '유끈한' 은요?"

앨리스는 다시 물었다.

"흠, '유끈한' 이란 '유연하고 끈적끈적하다' 라는 뜻이야. '유연하다' 는 '활동적이다' 라는 뜻도 지니고 있지. 마치 양쪽으로 벌릴 수 있는 여행 가방처럼 말이야. 그러니까 한 단어 속에 두 가지 뜻이 들어 있다는 거야."

"이제 알겠어요."

앨리스는 신중하게 대꾸하고 계속해서 물었다.

" '토브' 는 뭘까요?"

" '토브' 는 오소리 같기도 하고, 도마뱀 같기도 하고, 나선 모양의 마개뽑이 같기도 한 생물을 뜻하지."

"매우 괴상하게 생긴 생물이겠네요."

"그렇지. 게다가 그것들은 해시계 아래에 둥지를 틀고 치즈를 먹고 산단다."

"'빙돌다'와 '윙뚫다'는 무슨 뜻이죠?"

"'빙돌다'는 자이로스코프(회전 운동을 하는 물체—옮긴이)처럼 회전하는 거야. '윙뚫다'는 나사송곳처럼 구멍을 뚫는다는 뜻이고."

"그러면 '사이넘길'은 해시계 주변의 잔디라는 뜻인가요?"

앨리스가 말했다. 그리고 앨리스는 자신의 영리함에 스스로 놀랐다.

"물론 그렇지. 그걸 '사이넘길'이라고 부르는 까닭은 그 앞도 갈 길이 멀고 그 뒤로도 갈 길이 멀기 때문이야."

"그리고 그 너머도 갈 길이 멀죠."

앨리스가 덧붙였다.

"맞아. 그리고 '밈지'는 '부서지기 쉽고 불쌍하다'라는 뜻이야. (이것 역시 양쪽으로 벌릴 수 있는 여행 가방이라고 생각하면 돼.) 그리고 '보로고브'는 깃털이 사방으로 뻗쳐 있어서 마치 살아 있는 빗자루처럼 보이는 바짝 마른 꾀죄죄한 새를 말하지."

"'몸 레스'는요?"

앨리스는 서둘러 덧붙였다.

"너무 귀찮게 해드려서 죄송해요."

"글쎄, '레스'는 초록색 돼지의 일종이야. 그런데 '몸'은 잘 모르겠군. 집을 떠나왔다는 말을 줄인 것 같은데, 그러니까 길을 잃었다는 의미인 것 같아."

"'울불다' 는요?"

"흠, '울불다' 는 큰 소리로 우는 것하고 휘파람을 부는 것의 중간 상태야. 재채기도 하면서 말이야. 저 너머 숲에 가면 그런 소리를 들을 수 있을지도 몰라. 직접 들으면 확실하게 이해할 텐데. 그런데 도대체 누가 이렇게 어려운 시를 알려줬지?"

"책에서 읽었어요."

앨리스가 말했다.

"하지만 이것보다 훨씬 쉬운 시를 들었어요. 트위들디한테서요."

"너도 이미 알겠지만, 시라면 나도 다른 사람들 못지않게 잘 외울 수가 있지. 한 번 외워볼까……."

험프티 덤프티가 말했다.

"어머, 그러실 필요 없어요!"

앨리스는 그가 시를 외우지 않기를 바라며 급히 말렸다.

"이제 내가 외우려는 시는 순전히 너를 즐겁게 하기 위해서 지은 거야."

그러나 그는 앨리스의 만류를 무시했다.

앨리스는 그렇다면 듣는 수밖에 없다고 생각했다. 그래서 바닥에 앉으며 조금 슬픈 목소리로 말했다.

"고맙습니다."

"겨울에, 들판이 하얘지면

나는 너를 기쁘게 하기 위해 이 노래를 부르네."

"그렇지만 나는 노래를 부르지는 않는단다."

험프티 덤프티가 설명을 덧붙였다.

"알아요."

앨리스가 대답했다.

"내가 노래를 부르는지 안 부르는지 알다니, 세상에서 가장 날카로운 눈을 가졌군그래."

험프티 덤프티가 차갑게 말했다. 앨리스는 대꾸하지 않았다.

"봄에, 숲이 초록으로 물들면

나는 너에게 설명을 하려네."

"대단히 고맙습니다."

앨리스는 말했다.

"여름에, 해가 길어지면

너는 나의 노래를 이해하게 될까?

가을에, 잎들이 갈색으로 변하면

펜과 잉크로, 이것을 적어두렴."

"그럴게요. 그렇게 오래 기억할 수 있으면요."

앨리스가 말했다.

"그렇게 계속 대꾸할 필요 없어."

험프티 덤프티가 말했다.

"생각 없는 짓이야. 시가 중간에 자꾸 끊기잖아."

"물고기에게 편지를 보냈지,

'이것이 내가 원하는 것' 이라고.

바다의 작은 물고기들

나에게 답장을 보냈지.

작은 물고기들의 답장은

'우리는 할 수 없어요, 왜냐하면……'"

"죄송하지만 잘 이해가 안 돼요."

앨리스가 말했다.

"뒤로 갈수록 더 쉬워져."

험프티 덤프티가 대답했다.

"그들에게 다시 편지를 보냈지,

'복종하는 게 좋을 거야' 라고.

물고기들 답장을 보냈지, 비웃으며,
'어머, 기분 나쁘신가봐요!'

한 번, 두 번 충고했지만
그들은 듣지 않았지.

나는 커다란 새 냄비를 골랐지
내가 해야 할 일에 적당한 것으로.

내 가슴은 뛰었지, 쿵쿵거렸지.
나는 냄비에 펌프 물을 채웠지.

곧 어떤 사람이 와서 말해주었다네.
'작은 물고기들이 자고 있어요.'

나는 그에게 말했지, 침착하게.
'그러면 다시 물고기들을 깨워요.'

나는 크고 분명하게 말했다네.

그의 귀에 대고 소리쳤다네."

험프티 덤프티는 이 부분을 외우면서 거의 비명을 지르다시피 목소리를 높였다. 앨리스는 몸을 떨면서 생각했다.

"나라면 어떤 대가를 치른다고 해도 심부름을 하지 않을 거야!"

"그러나 그는 매우 고집스럽고 자존심이 강했지.

그는 말했네. '그렇게 큰 소리 칠 필요 없어요.'

그리고 그는 매우 자존심이 강하고 고집스러웠지.

그는 말했네. '가서 물고기들을 깨울게요. 만일…….'

나는 선반에서 코르크 마개 뽑이를 찾아서

직접 물고기들을 깨우러 갔지.

그리고 문이 잠겨 있는 것을 발견했을 땐

당기고 밀고 발로 차고 손으로 두드렸지.

그리고 문이 닫혀 있는 것을 발견했을 땐

손잡이를 돌리려고 했다네. 하지만……."

그리고 한참 침묵이 흘렀다.

"끝난 건가요?" 앨리스가 조심스럽게 물었다.

"끝이야."

험프티 덤프티가 말했다.

"잘 가."

앨리스는 이건 너무나 갑작스럽다고 생각했다. 그러나 이제 그만 가라는 신호가 너무나 확실했으므로, 더 머무르는 것은 예의가 아니라고 느꼈다. 그래서 일어나서 한 손을 내밀었다.

"안녕히 계세요, 다시 만날 때까지!"

앨리스는 되도록 밝은 목소리로 그렇게 말했다.

"우리가 만난다고 해도 다시 너를 알아보지 못할 거야."

악수를 하려고 손가락 하나를 내밀며, 험프티 덤프티가 불만스러운 목소리로 말했다.

"넌 다른 사람들하고 너무 똑같이 생겼거든."

"보통은 얼굴을 보면 알 수가 있잖아요."

앨리스가 생각에 잠긴 목소리로 말했다.

"내가 불만스러운 것이 바로 그 점이야."

험프티 덤프티가 말했다.

"네 얼굴은 다른 사람들하고 똑같아. 눈이 두 개이고……."

말을 하면서 그는 엄지손가락으로 허공에 눈의 위치를 찍었다.

"가운데에는 코가 있고, 아래에는 입이 있어. 언제나 똑같아. 만일 네 눈이 코 옆에 있다거나, 예를 들어서 입이 맨 위에 있다거나, 그렇다면 좀 도움이 되겠지."

"보기 좋지는 않을걸요."

앨리스가 반박했다. 그러나 험프티 덤프티는 두 눈을 감아버렸고, 이렇게 대꾸했다.

"네가 시도한 뒤에 보자고."

앨리스는 그가 다시 말을 할까 싶어 조금 기다려보았지만, 그는 두 번 다시 눈을 뜨지도, 앨리스를 아는 척하지도 않았다.

"안녕히!"

앨리스는 한 번 더 인사를 했다. 그리고 아무런 대꾸가 없자, 조용히 길을 떠났다. 그러나 앨리스는 걸어가면서 중얼거리지 않을 수 없었다.

"내가 만난 모든 불만족스러운 사람들 중에서……."

(앨리스는 이 말을 크게 반복했다. 이렇게 긴 단어를 말하는 것이 큰 위로가 되었다.)

"내가 만난 모든 불만족스러운 사람들 중에서……."

그러나 앨리스는 말을 끝맺을 수가 없었다. 바로 그 순간 아작하고 요란하게 부서지는 소리가 숲을 온통 뒤흔들었기 때문이었다.

제 7 장

사자와 유니콘

The Lion and the Unicorn

다음 순간 군인들이 숲 속에서 달려나왔다. 처음에는 두세 명씩, 그다음엔 열 명, 스무 명씩이 한꺼번에 몰려왔고, 마침내 숲 전체가 병사들로 가득 찬 것처럼 보였다. 앨리스는 병사들에게 깔릴까봐 마음을 졸이며 나무 뒤에 숨어서 그들을 지켜보았다.

앨리스는 이렇게 발밑을 확인하지 않는 병사들은 처음 본다고 생각했다. 그들은 끊임없이 무언가에 또는 다른 사람에게 걸려 넘어졌고, 한 사람이 쓰러지면 여러 사람이 그 사람 위로 다시 우르르 쓰러졌다. 그래서 땅바닥은 금세 쓰러진 병사들의 무리로 가득 덮였다.

그 뒤로는 말들이 왔다. 발이 네 개였으므로 발 두 개인 병사들보다는 훨씬 더 유리했지만, 역시 이따금 비틀거렸다. 그리고 말이 비틀거릴 때마다 즉시 말에 탄 병사가 굴러떨어지는 것이 규칙인 듯이 보였다. 혼란은 점점 심해졌고, 앨리스는 숲을 빠져나와서 넓은 공터

에 이르게 되자 무척 기뻤다. 그곳에서 앨리스는 땅바닥에 주저앉은 채 수첩에 무언가를 바쁘게 기록하고 있는 하얀 말의 왕을 보았다.

"내가 모두 보냈도다!"

앨리스를 보자 왕은 흥겹게 외쳤다.

"얘야, 숲을 지나오다가 혹시 병사들을 보지 못했느냐?"

"보았어요."

앨리스는 말했다.

"수천 명은 되는 것 같았어요."

"정확히 4,207명이란다."

왕이 수첩을 들여다보면서 말했다.

"말들은 다 보내지 못했지. 말 두 마리가 경기에 필요했거든. 그리고 심부름꾼 두 명도 보내지 않았어. 시내에 가 있거든. 길을 좀 살펴보렴. 그리고 심부름꾼들이 오는지 알려줘."

"아무도 안 보이는걸요."

앨리스가 말했다.

"나도 그런 눈이 있으면 좋으련만."

왕이 불만스러운 목소리로 말했다.

"그럼 '아무도안'을 볼 수 있을 텐데 말이야! 게다가 그렇게 먼 거리에서! 글쎄, 나라면 이런 빛에서는 진짜 사람들밖에 볼 수가 없거든."

앨리스에게는 그 말이 들리지 않았다. 앨리스는 한 손으로 눈 위에 그늘을 만들고 여전히 길을 유심히 살펴보고 있었다.

"누가 와요!"

마침내 앨리스가 소리쳤다.

"그런데 아주 천천히 오고 있어요. 그리고 자세가 정말 이상해요!"

(그도 그럴 것이 심부름꾼은 커다란 두 손을 부채처럼 옆으로 뻗고 팔짝팔짝 뛰면서, 또 뱀장어처럼 꿈틀거리면서 오고 있었다.)

"천만에."

왕이 말했다.

"그는 앵글로색슨족 심부름꾼이란다. 그건 앵글로색슨족 자세야. 기쁠 때만 그렇게 행동하지. 그의 이름은 헤이어야."

(왕은 마치 '메이어' 처럼 들리게 발음을 했다.)

"나는 H로 시작되는 내 연인을 사랑해요."

앨리스는 저도 모르게 이렇게 말을 시작하고 말았다.

"왜냐하면 그는 행복happy하니까요. 나는 H로 시작되는 그를 싫어해hate요, 그는 무시무시hideous하니까요. 나는 음, 음, 햄샌드위치ham-sandwiches랑 건초hay를 그에게 먹였어요. 그의 이름은 헤이어이고, 살기는……."

"그는 언덕hill에 살지."

자신이 지금 게임에 참여했다는 생각은 전혀 하지 못한 채 왕이 무심코 말했다. 그동안 앨리스는 H로 시작되는 도시 이름을 열심히 생각하고 있었다.

"다른 심부름꾼 이름은 하타란다. 알겠지만, 심부름꾼은 꼭 둘이 있어야만 하지. 가고 오려면 말이야. 하나는 가고, 하나는 와야 하니까."

"죄송하지만 뭐라고요?"

앨리스가 물었다.

"죄송할 것까지는 없어."

왕이 말했다.

"제 말은 이해가 되지 않는다는 뜻이에요. 왜 한 사람은 가고 한 사람은 오죠?"

앨리스가 말했다.

"내가 너에게 말했지 않니?"

왕은 짜증스럽게 대꾸했다.

"심부름꾼은 꼭 둘이 있어야만 한다고. 가져오고 가져가려면 말이야. 하나는 가져오고, 하나는 가져가야 하니까."

그 순간 심부름꾼이 도착했다. 그는 너무나 숨이 가빠서 한 마디 말도 못하고 단지 두 손을 흔들어대며 가엾은 왕에게 겁먹은 표정을 지어 보였다.

"이 아가씨가 H로 시작되는 너를 사랑한다는군."

왕은 심부름꾼의 시선을 다른 곳으로 돌리려고 앨리스를 소개했다. 하지만 소용없었다. 앵글로색슨족 자세들은 점점 더 이상하게만 변해갔고, 그사이에도 커다란 두 눈동자를 이리저리 굴렸다.

“놀라게 하지 마라! 어지럽구나. 햄샌드위치를 다오!”

왕이 말했다.

그러자 우습게도, 심부름꾼은 자신의 목에 걸고 있던 가방을 열어서 왕에게 샌드위치 하나를 건넸고, 왕은 샌드위치를 게걸스럽게 먹었다.

“샌드위치 하나 더!”

왕이 말했다.

“이제 건초밖에 없는데요.”

가방을 들여다보며 심부름꾼이 말했다.

“그러면 건초를 다오!”

왕이 가느다랗게 속삭였다.

앨리스는 왕이 건초를 먹고 다시 기운을 차린 것을 알고 기뻐했다.

“기절할 것 같을 때에는 건초만 한 게 없지.”

우적우적 건초를 씹으며 왕이 말했다.

“찬물을 끼얹는 게 더 낫지 않을까요, 아니면 각성제 냄새를 맡든지요.”

앨리스가 말했다.

"더 좋은 것이 없다고는 말 안 했어. 건초만 한 게 없다고 말했지."

왕이 대꾸했다.

앨리스는 뭐라고 할 말이 없었다.

"혹시 길에서 만난 사람이 있느냐?"

왕이 건초를 더 받으려고 손을 내밀며 심부름꾼에게 물었다.

"아무도 안 만났습니다."

심부름꾼이 말했다.

"바로 그거야. 이 아가씨도 그를 봤다는군. 그렇다면 아무도안은 너보다 더 느리게 걷는 게지."

왕이 말했다.

"저는 최선을 다했습니다."

심부름꾼이 불쾌하다는 듯이 말했다.

"분명히 말씀드리지만 아무도 저보다 더 빨리 걷지는 못할 거라고요."

"그럴 테지. 그렇지 않다면 그가 먼저 여기 도착했을 테니까. 그건 그렇고, 이제 숨을 돌린 것 같으니, 시내에서 무슨 일이 일어났는지 말할 수 있겠지?"

왕이 말했다.

"귓속말로 말씀드리겠습니다."

심부름꾼은 두 손을 나팔 모양으로 입에 대더니 몸을 굽혀서 왕의 귀에 두 손을 갖다댔다. 앨리스는 자신도 역시 소식을 듣고 싶었으므로 그 모습이 서운했다. 그렇지만 속삭이는 대신, 심부름꾼은 목소리를 한껏 높여서 소리쳤다.

"그들이 다시 시작했습니다!"

"이걸 귓속말이라고 하는 것이냐?"

가엾은 왕이 비명을 질렀다. 왕은 펄쩍 뛰며 몸을 부르르 떨었다.

"또다시 이런 짓을 하면, 너에게 버터를 발라버리겠다! 머릿속이 지진이라도 난 것처럼 흔들리지 않느냐!"

'아주 쪼그만 지진일 거야!'

앨리스는 생각했다.

"누가 다시 시작했죠?"

앨리스는 용기를 내어서 물었다.

"그야 물론 사자와 유니콘이지."

왕이 말했다.

"왕위를 놓고 싸우나요?"

"그래, 그렇고말고. 정말 우습지, 왕위가 항상 자기 것이라니! 달려가서 구경을 좀 하자꾸나."

그리고 그들은 뛰었다. 앨리스는 달리면서 마음속으로 오래된 노래를 하나 외웠다.

"사자와 유니콘이 왕위를 놓고 싸우네.

사자가 시내를 빙빙 돌며 유니콘을 때렸네.

어떤 이는 하얀 빵을 주고 어떤 이는 갈색 빵을 주었네.

어떤 이는 건포도 케이크를 주고 북을 쳐서 그들을 시내에서 내쫓았네."

"이기는……, 쪽이 왕위를 갖는……, 건가요?"

숨이 차서 헐떡거리며 앨리스가 간신히 물었다.

"맙소사, 아니야! 무슨 그런 생각을!"

왕이 말했다.

"괜찮……으시면……. 1분만 멈추어서, 잠깐만, 숨 좀 돌리면 안 될까요?"

조금 더 달린 후에 앨리스는 헐떡거리며 말했다.

"나는 괜찮아. 그저 강하지 못할 뿐이지, 나는 괜찮아. 알겠지만, 1분은 순식간에 지나가버린단다. 벤더스내치를 멈추게 하는 편이 나을 거야."

왕이 말했다.

앨리스는 더 이상 말할 기운도 없었다. 그래서 그들은 말없이 달렸고, 마침내 군중들이 모여 있는 곳에 도착했다. 군중들 한가운데에 사자와 유니콘이 싸우고 있었다. 둘은 짙은 먼지바람 속에 있었고, 처음에 앨리스는 누가 누구인지 분간할 수가 없었다. 그러나 곧 뿔을 보고 유니콘을 알아볼 수가 있었다.

그들은 또 다른 심부름꾼 하타 옆에 자리를 잡았다. 하타는 한 손에는 찻잔을, 다른 한 손에는 버터 바른 빵 조각을 들고 싸움을 구경하고 있었다.

"방금 감옥에서 나왔단다. 감옥에 갇힐 때 차를 마시던 중이었거든."

헤이어가 앨리스에게 속삭였다.

"감옥에서는 굴 껍데기만 주었다지 뭐니. 그러니 얼마나 배가 고프고 목이 마르겠어. 잘 지냈나, 친구?"

헤이어는 말을 하면서 하타의 목에 다정스럽게 한 팔을 둘렀다.

하타는 돌아보고 고개를 끄덕였다. 그리고 다시 버터 바른 빵을 먹었다.

"감옥에서 행복했나, 친구?"

헤이어가 물었다.

하타는 다시 돌아보았고, 이번에는 눈물을 한두 방울 뺨 위로 떨구었다. 그러나 말은 한 마디도 하지 않았다.

"말을 해봐, 어서!"

헤이어가 초조하게 소리쳤다. 그러나 하타는 우물우물 먹고 마시기만 했다.

"말을 해라, 어서!"

왕이 소리쳤다.

"싸움이 어떻게 되어가고 있지?"

하타는 필사적으로 노력한 끝에 커다란 빵 조각을 꿀꺽 삼켰다.

"잘 되어가고 있습니다."

그가 잠긴 목소리로 말했다.

"각각 여든일곱 번씩 쓰러졌습니다."

"그럼 곧 하얀 빵과 갈색 빵을 가지고 오겠네요?"

앨리스가 용기를 내어서 말했다.

"지금 그걸 기다리는 중이야. 내가 먹고 있는 빵이 그것의 일부이지."

그때 싸움은 잠시 멈추었다. 사자와 유니콘은 주저앉아서 숨을 헐떡이고 있었다. 왕이 소리쳤다.

"10분간 휴식을 허락하노라!"

헤이어와 하타는 즉시 작업에 착수했다. 그들은 하얀 빵과 갈색 빵을 담은 쟁반을 날라왔다. 앨리스는 맛을 보려고 한 조각 먹었다. 그러나 빵은 너무 말라 있었다.

"오늘은 더 이상 싸우지 않을 것 같군."

왕이 하타에게 말했다.

"가서 북을 치라고 말해라."

하타는 메뚜기처럼 통통 뛰어갔다.

잠시 동안 앨리스는 왕을 보며 말없이 서 있었다. 갑자기 앨리스의 얼굴이 환해졌다.

"보세요, 보세요!"

앨리스는 소리치며, 손가락을 들어 가리켰다.

"저기 하얀 말의 여왕이 달려오고 있어요. 저쪽 숲을 날아서 와요. 여왕들은 정말 빠르게 달릴 수가 있네요!"

"적에게 쫓기는 게 분명해."

왕은 그쪽을 쳐다보지도 않고 말했다.

"숲은 적으로 가득하니 말이야."

"달려가서 도와주지 않으실 거예요?"

앨리스가 물었다. 앨리스는 왕이 너무 담담한 데 놀랐다.

"소용 없어, 소용 없어!"

왕이 말했다.

"여왕은 너무나 빨리 달린단 말이야! 벤더스내치를 잡는 편이 나을걸! 하지만 여왕에 대해서 기록을 해두마, 네가 원한다면 말이야.

여왕은 아주 좋은 사람이다."

수첩을 펴면서 왕은 나지막이 중얼거렸다.

"그런데 '사람' 이면 미음이 하나던가?"

그때 유니콘이 두 손을 호주머니에 찌른 채 어슬렁어슬렁 다가왔다.

"내가 이번에는 꽤 잘했지?"

"조금, 아주 조금."

왕이 조금 신경질적으로 말했다.

"사자를 뿔로 찌르고 달아나지 말았어야지."

"아프게 하지는 않았어."

유니콘은 아무렇지도 않게 대답하고 지나쳐가려고 했다. 그때 유니콘의 눈이 앨리스를 보았다. 유니콘은 즉시 몸을 돌려서 정말이지 구역질이 난다는 듯이 앨리스를 쳐다보았다.

"이건, 뭐지?"

마침내 유니콘이 물었다.

"어린아이죠!"

헤이어가 신이 나서 말했다. 그는 앨리스를 소개하려고 앨리스 앞에 나서서 앵글로색슨식 자세로 두 손을 앨리스를 향해 내밀었다.

"오늘 발견했어요. 실물만큼 크고 두 배는 더 자연스럽지요."

"난 이것들은 전설 속의 괴물이라고만 생각했는데. 이거 살아 있나?"

유니콘이 말했다.

"말도 하는걸요."

헤이어가 엄숙하게 말했다.

유니콘은 앨리스를 꿈꾸듯이 바라보았다. 그리고 말했다.

"말해봐, 어린아이야."

앨리스의 입꼬리가 올라갔다. 앨리스는 나오는 미소를 참을 수가 없었다.

"저도 항상 유니콘은 전설 속의 괴물이라고만 생각했다는 거 아세요? 살아 있는 유니콘을 보는 것은 처음이거든요!"

"그랬는데, 이제 우리는 서로를 보고 있군그래. 네가 나를 믿는다면, 나도 너를 믿으마. 어때?"

"네, 좋으시다면요."

앨리스가 말했다.

"자, 건포도 케이크를 가져오게나, 늙은 양반아!"

유니콘은 왕에게 고개를 돌리고 말했다.

"갈색 빵은 싫어."

"좋고말고, 좋고말고."

왕이 웅얼거렸다. 그리고 헤이어에게 명령했다.

"가방을 열어라!"

왕은 속삭였다.

"빨리! 그것 말고. 그건 건초만 가득 들어 있잖아."

헤이어는 가방에서 커다란 케이크를 꺼내서 앨리스에게 들고 있게 한 다음 접시와 고기를 써는 큰 칼을 꺼냈다. 어떻게 그 모든 것들이 다 가방 속에서 나오는지 앨리스는 믿어지지가 않았다. 마치 요술 같아, 앨리스는 생각했다.

그러는 동안 사자가 끼어들었다.

사자는 매우 지치고 졸린 듯이 보였다. 두 눈이 반쯤 감겨 있었다.

"이건 뭐지!"

사자는 앨리스를 보고 게으르게 눈을 끔벅거리며 커다란 종이 울리는 것처럼 낮고 우렁우렁한 목소리로 물었다.

"아하, 이게 뭘까?"

유니콘이 신이 나서 말했다.

"너는 짐작도 못할 거야. 나도 그랬거든."

사자는 피곤한 듯이 앨리스를 쳐다보았다.

"너는 동물이니, 야채니, 광물이니?"

사자는 한 마디 할 때마다 하품을 했다.

"전설 속의 괴물이지!"

앨리스보다 먼저 유니콘이 소리쳤다.

"그럼 케이크를 나누어줘, 괴물아."

사자가 말했다. 사자는 엎드려서 앞발에 턱을 괴었다.

"그리고 앉아, 너희 둘 다."

(그건 왕과 유니콘에게 한 말이었다.)

"케이크는 공평하게 나누어야 해, 물론 알겠지만!"

왕은 분명히 이 두 거대한 동물들 사이에 앉아 있는 것이 매우 불편해 보였다. 그러나 다른 자리가 없었다.

"왕위를 걸고 우리 참 멋지게 싸웠지!"

유니콘이 왕이 쓴 왕관을 음흉하게 쳐다보며 말했다. 가엾은 왕은 너무 심하게 떨어서 목이 떨어져나갈 듯이 보였다.

"내가 쉽게 이길 수 있었는데."

왕이 말했다.

"그렇지 않았을걸."

유니콘이 말했다.

"뭐라고, 내가 시내를 빙빙 돌며 너를 때려주었잖아, 이 겁쟁이야!"

사자가 몸을 반쯤 일으키며 화를 냈다.

그러자 싸움을 막기 위해서 왕이 끼어들었다. 왕은 매우 불안한 듯, 목소리가 심하게 떨렸다.

"시내를 돌아다녔다고? 꽤 먼 길인데. 오래된 다리와 시장도 지났나? 오래된 다리에서 좋은 경치를 보았겠군그래."

"모르겠는걸."

사자는 다시 누우면서 으르렁거렸다.

"먼지가 너무 짙어서 아무것도 볼 수가 없었어. 괴물은 뭐하는 거야, 케이크를 잘라야지!"

앨리스는 개울가에 앉아서 무릎에 커다란 접시를 올려놓고, 부지런히 칼로 케이크를 잘랐다.

"어떻게 하란 말이죠!"

앨리스는 사자에게 짜증스럽게 대꾸했다. (앨리스는 '괴물' 이라고 불리는 것에 어느새 익숙해져 있었다.)

"벌써 몇 번이나 잘랐는데, 자꾸만 다시 붙어버리잖아요!"

"넌 거울 나라의 케이크를 어떻게 잘라야 하는지 모르는구나."

유니콘이 말했다.

"먼저 나누어줘. 그다음에 자르라고."

엉터리 같은 말이라고 생각했지만, 앨리스는 그 말대로 접시를 들고 주위를 돌았다. 그러자 케이크는 저절로 세 조각으로 나누어졌다.

"이제 케이크를 잘라."

앨리스가 빈 접시를 들고 자기 자리로 돌아가자, 사자가 말했다.

"이건 불공평하잖아!"

앨리스가 칼을 들고 어찌할 바를 몰라서 어리둥절하고 있을 때, 유니콘이 소리쳤다.

"괴물이 사자에게 나보다 두 배나 더 많이 줬어!"

"그렇지만 자기 몫은 하나도 남기

지 않았는걸."

사자가 말했다.

"건포도 케이크 좋아하니, 괴물아?"

그러나 앨리스가 미처 대답도 하기 전에, 북이 울리기 시작했다.

북소리가 어디에서 나는지 앨리스는 알 수가 없었다. 공기가 온통 북소리로 가득 차 있는 것 같았고, 귀머거리가 될 것처럼 머릿속이 왕왕 울렸다. 겁이 난 앨리스는 일어나서 작은 개울을 펄쩍 뛰어넘었다.

식사를 방해받은 데 화가 난 사자와 유니콘이 벌떡 일어섰다. 앨리스는 무릎을 꿇고 앉아서 두 손으로 귀를 막고 무시무시하게 울부짖은 소리를 듣지 않으려고 애를 썼다. 그리고 앨리스는 생각했다.

'북소리가 사자와 유니콘을 쫓아내지 못하면, 영영 아무것도 할 수가 없을 거야.'

제 8 장

내가 직접 발명한 거야

"It's My Own Invention"

얼마나 지났을까, 시끄러운 소리가 점점 작아지더니 마침내 사방이 쥐 죽은 듯이 고요해졌다. 앨리스는 조금 놀라서 고개를 들었다. 아무도 보이지 않았다. 처음에 앨리스는 자신이 사자와 유니콘, 그리고 그 이상한 앵글로색슨족 심부름꾼들에 대한 꿈을 꾼 것이라고 생각했다. 그렇지만 앨리스의 발밑에는 건포도 케이크가 담겨 있던 커다란 접시가 놓여 있었다.

"그러니까 절대로 꿈은 아니었어."

앨리스는 중얼거렸다.

"만약, 만약 우리가 한 사람이 꾼 꿈에 한꺼번에 나온 게 아니라면 어쩌지. 그렇다면 그게 나의 꿈이었으면 좋을 텐데. 붉은 왕의 꿈이 아니고 말이야! 내가 다른 사람의 꿈에 나타나는 건 싫어."

앨리스는 계속 투덜거렸다.

"가서 왕을 깨워볼까, 무슨 일이 일어나나 보게!"

그 순간 "야호! 야호! 장군!" 하는 커다란 소리가 들려서 앨리스의 생각을 방해했다. 붉은 갑옷을 입은 한 기사가 큼지막한 곤봉을 휘두르며 앨리스 쪽으로 말을 타고 달려오고 있었다. 앨리스 앞에 도착하자 갑자기 말을 멈추었다.

"너는 내 포로다!"

소리치는 것과 동시에 붉은 기사는 말에서 굴러떨어졌다.

앨리스는 깜짝 놀랐다. 그렇지만 그 순간 자신보다 그 기사가 더 걱정스러워서, 기사가 다시 말에 오르는 것을 지켜보았다. 안장에 걸터앉자마자, 그는 다시 한 번 소리치려고 했다.

"너는 내……."

그러나 그때 또 다른 목소리가 기사의 말을 잘랐다.

"야호! 야호! 장군!"

앨리스는 새로운 적의 출현에 놀라서 주위를 두리번거렸다.

이번에는 하얀 갑옷을 입은 하얀 기사였다. 그는 앨리스 옆으로 다가오더니, 붉은 기사가 그랬던 것처럼 말에서 굴러떨어졌다. 그런 다음 하얀 기사는 다시 말에 올라탔고, 두 기사는 얼마 동안 묵묵히 서로를 노려보았다. 앨리스는 당황해서 두 사람을 번갈아 쳐다보았다.

"이 아이는 나의 포로다!"

드디어 붉은 기사가 입을 열었다.

"그랬지. 하지만 내가 와서 이 아이를 구출했다!"

하얀 기사가 대꾸했다.

"그래, 그렇다면 이 아이를 걸고 결투를 할 수밖에 없군!"

붉은 기사가 이렇게 말하며 투구를 집어 들었다. (투구는 말안장에 매달려 있었는데, 말머리처럼 생긴 것이었다.)

"물론, 결투의 규칙은 지키겠지?"

하얀 기사도 투구를 쓰면서 물었다.

"당연하지."

붉은 기사가 말했다. 그리고 두 사람은 맹렬하게 서로를 공격하기 시작했다. 앨리스는 싸움에 휘말리지 않으려고 나무 뒤에 몸을 숨겼다.

"결투의 규칙이 뭘까."

몸을 숨긴 채 결투를 훔쳐보면서 앨리스는 생각했다.

"규칙 하나는 한 기사가 다른 기사를 제대로 쳐서 말에서 떨어뜨리는 건가봐. 만일 헛치면 자신이 떨어지고 말이야. 그리고 또 다른 규칙은 서로 곤봉을 끌어안는 것인가봐. 펀치와 주디처럼 말이야. 떨어질 때 나는 소리가 정말 엄청나게 크네! 꼭 난로 연장들이 난로가로 한꺼번에 쏟아질 때 나는 소리 같은걸! 그런데 말들은 어쩌면 저렇게 얌전할까! 말을 타고 내리는 것이 꼭 탁자에 올라갔다 내려오는 것 같아!"

앨리스는 미처 알아차리지 못했지만, 또 다른 규칙 하나는 언제나 머리부터 떨어지는 것인 듯싶었다. 결투는 두 기사가 나란히 머리부터 떨어지는 것으로 끝이 났다. 다시 일어난 두 기사는 악수를 했고, 그런 다음 붉은 기사는 말에 올라타고 떠났다.

"멋진 승리야, 그렇지?"

하얀 기사가 숨을 헐떡이며 물었다.

"잘 모르겠어요."

앨리스는 우물우물 대답했다.

"저는 누구의 포로도 되고 싶지 않아요. 여왕이 되고 싶어요."

"그렇게 될 거야. 다음 개울을 건너가면 말이야."

하얀 기사가 말했다.

"숲 끝까지 안전하게 바래다주마. 그런 다음 나는 물론 돌아가야 해. 나는 거기까지밖에 움직일 수 없거든."

"정말 고맙습니다."

앨리스는 인사를 했다.

"제가 투구를 벗는 것을 도와드릴까요?"

분명히 그 투구는 기사가 혼자서 다루기엔 매우 힘들어 보였다. 앨리스는 투구를 흔들어서 간신히 벗겨냈다.

"이제 숨을 쉬기가 한결 편하군."

두 손으로 덥수룩한 머리카락을 뒤로 넘기면서 기사가 말했다. 그리고 기사는 부드러운 얼굴과 따스한 눈길을 앨리스에게 돌렸다. 앨리스는 이렇게 이상하게 생긴 군인은 평생 처음 본다고 생각했다.

그는 형편없이 맞지 않는 양철 갑옷을 입고 있었다. 그리고 이상하게 생긴 제재목 상자를 어깨에 거꾸로 매달고 있었는데, 상자 뚜껑이 열려 있었다. 앨리스는 상자를 흥미롭게 바라보았다.

"내 작은 상자가 마음에 드는 게로구나."

기사가 상냥하게 말했다.

"이건 내가 직접 발명한 거야. 옷가지와 샌드위치를 넣기 위해서지. 보다시피 나는 이 상자를 거꾸로 메고 다닌단다. 비가 들어가지 않도록 말이야."

"하지만 물건들이 밖으로 나오잖아요."

앨리스는 조심스럽게 지적했다.

"뚜껑이 열린 걸 모르셨나요?"

"난 몰랐어."

기사의 얼굴에 짜증스러운 빛이 떠올랐다.

"그럼 물건들이 다 빠져버렸겠군! 그렇다면 이 상자는 아무 소용이 없어."

기사는 말하면서 상자를 풀었다. 그리고 상자를 덤불 속에 던지려고 하다가 갑자기 무슨 생각이 떠올랐는지, 한 나무에 조심스럽게 상자를 매달았다.

"내가 왜 이러는지 알겠니?"

기사가 앨리스에게 물었다.

앨리스는 고개를 흔들었다.

"벌들이 이 상자 안에 집을 만들지도 모르잖니. 그럼 나는 꿀을 얻을 수가 있겠지."

"하지만 이미 벌통 비슷한 것을 안장에 매달았잖아요."

앨리스가 말했다.

"맞아. 이건 아주 좋은 벌통이야."

기사는 못마땅한 말투로 대꾸했다.

"최고라고 할 수 있지. 하지만 벌은 한 마리도 얼씬하지 않아. 그리고 이 상자는 쥐덫이야. 혹시 쥐가 벌들을 쫓아버리는 게 아닌가 싶어. 아니면 벌들이 쥐를 쫓아버리는 것인지도 모르지. 아무튼 어느 쪽인지 나는 모르겠어."

"쥐덫이 왜 필요하죠? 말등에 쥐가 있을 리가 없을 텐데요."

앨리스가 말했다.

"있을 리가 없겠지. 하지만 만약 쥐들이 온다면 멋대로 쥐들이 돌아다니게 내버려둘 수는 없어."

기사가 말했다.

"너도 알겠지만."

기사는 잠시 말을 멈추었다가 계속해서 말했다.

"모든 상황에 대비를 해두는 것이 좋단다. 그래서 말 발목에 저렇게 뾰족한 장식들이 많은 거야."

"하지만 저것들이 무엇에 필요하죠?"

앨리스는 무척 궁금했다.

"스나크의 이빨을 막기 위해 쓰이지."

기사가 대답했다.

"그것도 내가 직접 발명한 것이란다. 자, 이제 내가 말에 올라타도록 도와주렴. 너와 숲의 끝까지 가야 하니까 말이야. 그런데 그 접시는 무엇에 쓰지?"

"건포도 케이크를 담았어요."

앨리스가 말했다.

"그것도 가져가는 게 좋겠다. 혹시 건포도 케이크를 발견하면 쓸모가 있을 거야. 이 자루에 넣어보자."

그 일은 시간이 오래 걸렸다. 앨리스는 매우 신중하게 자루를 벌렸지만, 기사가 접시를 집어넣는 행동이 매우 서툴렀다. 처음 2~3분 동안 기사는 자신이 접시 대신 자루에 들어가기까지 했다.

"좀 심하게 꽉 차 있지."

마침내 접시를 집어넣는 데 성공하자, 기사가 말했다.

"자루 속에 초가 너무 많거든."

그리고 기사는 이미 홍당무 다발이며 난로용 제구들이며, 다른 잡다한 물건들이 주렁주렁 매달려 있는 안장에 자루를 붙잡아맸다.

"머리카락을 단단하게 묶는 게 어떨까?"

출발할 때, 기사가 말했다.

"저는 늘 이렇게 하고 있는걸요."

앨리스가 미소를 지으며 말했다.

"그렇지만 이번에는 곤란해. 여기에서는 바람이 정말 세게 불거든. 수프만큼이나 진하게 말이야."

기사가 걱정스럽게 말했다.

"머리카락이 날리는 것을 방지하는 발명도 하셨나요?"

앨리스가 물었다.

"아직은 아니야. 하지만 머리카락이 아래로 흘러내리는 것을 방지하는 것은 발명했단다."

기사가 말했다.

"꼭 듣고 싶어요."

"먼저 곧은 막대기를 하나 들어."

기사가 말했다.

"그런 다음 머리카락이 막대기를 타고 기어오르게 만드는 거야. 과일나무처럼 말이야. 머리카락이 아래로 늘어지는 것은 아래로 매달려 있기 때문이지. 너도 알다시피 모든 사물들은 반드시 밑으로 떨어지지. 이것도 내가 직접 발명한 거야. 좋다면 실험해보렴."

'편리한 발명 같지는 않아' 라고 앨리스는 생각했다. 그리고 몇 분 동안 앨리스는 어리둥절한 기분으로 말없이 걸었다. 그러는 동안 때때로 멈추어서 훌륭한 기수가 아닌 것이 분명한 가엾은 기사를 도와주어야만 했다.

말이 멈추어 설 때마다(말은 아주 자주 멈추었다) 기사는 앞으로 엎어졌다. 그리고 말이 다시 출발할 때마다(말은 주로 갑자기 걷기

시작했다) 기사는 뒤로 벌렁 쓰러졌다. 그렇지 않을 경우엔 꽤 괜찮았다, 옆으로 쓰러지는 습관만 빼고. 기사는 주로 앨리스가 걷는 쪽으로 쓰러졌고, 앨리스는 곧 말 옆에서 조금 떨어져서 걷는 것이 안전하다고 깨달았다.

"말 타는 연습을 많이 하지 않으셨나봐요."

다섯 번째로 쓰러진 기사를 부축하면서, 앨리스는 용기를 내 말했다.

기사는 무척 놀란 듯했고 조금 기분이 상한 것 같았다.

"왜 그런 말을 하지?"

기사가 물었다. 그는 다시 안장으로 기어 올라가면서 반대편으로 떨어지지 않으려고 한 손으로 앨리스의 머리카락을 움켜쥐고 있었다.

"연습을 많이 한 사람들은 이렇게 자주 떨어지지 않으니까요."

"나는 충분히 연습했어. 충분히!"

기사는 엄숙하게 말했다.

앨리스는 '그래요?' 라고밖에 더 할 말이 떠오르지 않았다. 하지만 앨리스는 최대한 정중하게 말했다. 그후 그들은 말없이 얼마 동안 걸었다. 기사는 두 눈을 꼭 감고 혼자서 중얼중얼거렸고, 앨리스는 기사가 다시 또 굴러떨어질까봐 걱정스럽게 지켜보았다.

"말타기에서 가장 중요한 기술은."

갑자기 기사가 오른팔을 휘두르면서 큰 소리로 말하기 시작했다.

"균형을……."

그러나 이때 시작했을 때와 마찬가지로 갑자기 말이 끊어졌다. 기사가 앨리스가 걷고 있는 길로 정확하게 머리부터 매우 심하게 떨어졌기 때문이었다. 이번에 앨리스는 진짜로 겁에 질렸다. 그래서 기사를 부축해서 일으키면서 불안하게 물었다.

"뼈가 부러지지는 않았겠죠?"

"별것 아니야."

기사는 뼈 한두 개쯤 부러지는 것은 아무렇지도 않다는 듯이 말했다.

"말타기에서 가장 중요한 기술은 말했듯이 균형을 잘 유지하는 거야. 이렇게 말이야."

기사는 고삐를 놓고, 두 팔을 뻗어서 시범을 보이려고 했다. 그리고 이번에는 뒤로 넘어져서 말발굽 바로 아래로 떨어졌다.

"충분히 연습했어!"

앨리스의 도움을 받아서 일어날 때마다 기사는 계속 그 말을 반복했다.

"충분히 연습했다고!"

"말도 안 돼요!"

이번에 앨리스는 참지 못하고 소리쳤다.

"기사님은 바퀴 달린 목마를 타셔야만 해요. 그래야만 한다고요."

"그건 얌전하게 가니?"

기사는 무척 궁금한 듯이 물었다. 그러면서 그는 다시 떨어지지 않으려고 말의 목을 두 팔로 꽉 끌어안았다.

"진짜 말보다 훨씬 더 얌전하죠."

참으려고 애썼지만, 앨리스는 짧은 비명 같은 웃음소리를 내며 대답할 수밖에 없었다.

"하나 구해야겠군."

기사는 무언가를 생각하는 표정으로 중얼거렸다.

"하나나 두 개, 아니면 여러 개를 말이야."

그런 후 짧은 침묵이 흘렀고, 기사가 다시 입을 열었다.

"나는 발명에 재능이 있어. 너도 눈치챘겠지? 조금 전 네가 나를 부축할 때 내가 무언가 생각하고 있었던 걸?"

"조금 심각해 보이기는 했어요."

앨리스가 말했다.

"흠, 바로 그때 문을 넘어가는 새로운 방법을 발명했지. 들어보겠니?"

"듣고 싶어요."

앨리스는 공손하게 대답했다.

"내가 어떻게 그 생각을 하게 됐는지 말해주마."

기사가 말했다.

"나는 마음속으로 생각했어. 유일한 문제는 발에 있다. 머리는 위에 있으니까 말이야. 그렇다면 먼저 머리를 문 위에 올려놓는 거야. 그러면 머리는 위에 높이 있게 된단 말이지. 그런 다음엔 울타리를 서는 거야. 그럼 발도 높이 있게 되잖아. 그런 다음 넘어가는 거야."

"네. 그렇게 된다면 넘어갈 수 있겠네요."

앨리스는 생각을 하면서 대답했다.

"하지만 그건 너무 힘들지 않을까요?"

"아직 그렇게 시도해본 적은 없어."

기사가 심각하게 말했다.

"그러니까 확실하게 말할 수는 없지만, 조금 힘들 것 같기는 해."

그 생각을 하자 기사는 조금 기분이 나빠진 것처럼 보였다. 앨리스는 급히 다른 이야기를 꺼냈다.

"투구가 참 신기해요! 그것도 발명하신 건가요?"

앨리스는 쾌활하게 말했다.

기사는 말안장에 매단 투구를 자랑스럽게 내려다보았다.

"그럼. 하지만 이것보다 더 좋은 것을 발명했단다. 설탕덩어리처럼 생긴 걸 말이야. 그걸 쓰면, 말에서 떨어져도 항상 투구가 먼저 땅에 닿았어. 그래서 나는 거의 땅에 떨어지지 않았지. 하지만 대신 내가 투구 속으로 떨어질 위험이 있었지. 한 번은 그 일이 일어났는데, 최악의 상황이 벌어졌지. 내가 빠져나오기 전에 다른 하얀 기사가 와서 그걸 자기 투구라고 생각하고 써버린 거야."

기사가 너무 심각해 보여서 앨리스는 감히 웃을 수 없었다.

"그럼 그 사람이 다쳤겠네요. 기사님이 그 사람 머리 위에 있었으니까요."

앨리스는 떨리는 목소리로 말했다.

"물론 나는 그 녀석을 걷어찰 수밖에 없었지."

기사는 매우 진지하게 말했다.

"그러자 녀석은 투구를 다시 벗었어. 하지만 나는 투구를 빠져나오는 데 몇 시간이나 걸렸단다. 나는 정말 빠르거든(빠르다는 영어 fast에는 '단단한, 꽉 잠긴' 이라는 뜻도 있다—옮긴이), 번개처럼 말이야."

"빠른 게 아니라 꽉 끼었던 것이겠죠."

앨리스가 말했다.

기사는 고개를 흔들었다.

"나는 무척 빨랐어. 장담할 수 있다고!"

기사는 이렇게 말하면서 흥분해서 두 손을 위로 번쩍 들었고, 그 즉시 안장에서 굴러떨어져서 깊은 구덩이 속에 거꾸로 처박혔다.

앨리스는 구덩이 옆으로 달려갔다. 한동안 기사가 균형을 잘 잡고 있었으므로 안심하고 있었기 때문에 앨리스는 더 크게 놀랐다. 앨리스는 이번에야말로 기사가 진짜 다쳤을까봐 걱정이 되었다. 구두 밑창밖에는 보이는 것이 없었지만, 평온한 기사의 목소리를 듣고서 앨리스는 크게 안심을 했다.

"무척 빨랐어!"

기사는 같은 말을 반복했다.

"하지만 다른 사람의 투구를 쓰는 건 경솔한 짓이야. 더구나 그 안에 사람이 있는데 말이야."

"어떻게 그렇게 침착하게 계속 말을 할 수가 있죠? 거꾸로 서 있으면서요?"

기사의 발을 잡고 끌어내서 강둑의 풀잎 위에 눕혀놓으며 앨리스가 물었다.

기사는 앨리스의 질문에 깜짝 놀란 듯이 보였다.

"내 몸이 어디에 있는 게 무슨 문제가 되지?"

기사는 말했다.

"생각은 똑같이 할 수가 있는데 말이야. 사실, 나는 거꾸로 서 있을 때 더 많은 새로운 발명을 해내거든. 내가 발명했던 것들 중에서 가장 재치 있는 것은."

기사는 잠시 쉰 후에 다시 말하기 시작했다.

"고기 정식 요리 사이에 나오는 새로운 푸딩을 발명한 거란다."

"그렇다면 다음 요리가 나오기 전에 만들어야 하겠네요?"

앨리스가 물었다.

"어머나, 정말 빨리 요리를 해야 되겠어요!"

"글쎄, 다음 요리를 위해 만드는 건 아니야."

기사는 무언가를 생각하며 느릿느릿 대꾸했다.

"그럼 다음 날 준비하겠군요. 저녁 식사에 푸딩이 두 번씩 나올 리는 없잖아요?"

"글쎄, 다음 날을 위한 것도 아니야."

기사는 조금 전처럼 느릿느릿 대꾸했다.

"다음 날은 아니야. 사실은……."

말을 하면서 기사는 고개를 아래로 숙였고, 목소리를 점점 낮추었다.

"그 푸딩이 앞으로 진짜 만들어질까도 의심스러워! 그래도 어쨌든 그 푸딩은 매우 재치 있는 발명이었어."

"뭘로 만드는데요?"

가엾은 기사가 너무나 풀이 죽어 보였으므로, 앨리스는 기사의 기운을 북돋워주려고 물었다.

"그건 흡수 종이부터 시작하지."

기사는 못마땅한 말투로 대답했다.

"그건 그다지 좋지 않겠는데요. 저는……."

"그것만으로는 그다지 좋지 않지."

기사는 열기 띤 목소리로 앨리스의 말을 잘랐다.

"하지만 화약 가루나 봉랍 같은 다른 것들하고 섞으면 얼마나 달라지는지 너는 짐작도 못할 거야. 그런데 난 여기에서 돌아가야만 되겠구나."

그들은 숲의 끝에 도착해 있었다.

앨리스는 어리둥절하기만 했다. 그 푸딩 생각을 계속하고 있었기 때문이었다.

"슬픈 거로구나."

기사가 걱정스러운 목소리로 말했다.

"내가 위로가 되는 노래를 불러줄게."

"아주 긴 노래인가요?"

앨리스가 물었다. 그날 하룻동안 질리도록 많은 시를 들은 뒤였기 때문이었다.

"길지."

기사가 말했다.

"하지만 매우 매우 아름다운 노래란다. 이 노래를 들은 사람들은 모두 울든지 아니면……."

"아니면요?"

기사가 갑자기 말을 끊었으므로, 앨리스가 물었다.

"아니면 울지 않지. 당연하잖아. 그 노래의 제목은 '대구의 눈' 이라고 불리지."

"아, 그게 그 노래의 제목이로군요, 그렇죠?"

앨리스는 관심을 가지려고 노력하면서 물었다.

"아니야, 이해를 못 하는구나."

기사가 조금 짜증스러운 표정으로 말했다.

"제목이 그렇게 불린다는 거야. 진짜 제목은 '늙고 늙은 남자' 야."

"그러면 '노래가 그렇게 불린다' 고 말해야 했군요?"

앨리스는 문장을 고쳐서 다시 말했다.

"아니야, 그러면 안 돼. 그건 전혀 다른 거야! 그 노래는 '길들과 방법들' 이라고 불리는걸. 하지만 그건 단지 그렇게 불릴 뿐이라고."

"어머나, 그럼 그 노래는 뭐죠?"

앨리스는 이제 완전히 어리둥절할 뿐이었다.

"지금 그 말을 하려던 참이야."

기사가 말했다.

"그 노래의 진짜 제목은 '문 위에 앉아 있는' 이며, 선율은 내가 직접 발명했지."

이렇게 말하면서, 그는 말을 세우고 고삐를 말의 목에 걸쳐놓았다. 그런 다음, 천천히 한 손으로 박자를 맞추었다. 그의 상냥하고 바보스러워 보이는 얼굴에 희미하게 미소가 떠올랐다. 그는 자기 노래의 선율을 즐기는 듯이 보였다. 앨리스는 거울 나라를 여행하면서 보았던 모든 이상한 일들 중에서도, 이때의 장면을 언제나 가장 선명하게 기억해냈다. 몇 년이 지난 후에도 앨리스는 바로 어제 일처럼 그때 일을 회상하곤 했다. 기사의 유순해 보이는 파란 눈동자와 상냥한 미소, 그의 머리카락 사이로 반짝이던 석양, 그리고 빛을 받아서 눈부시게 번쩍이던 갑옷, 고삐를 목에 건 채 얌전하게 움직이며 발밑의 풀을 뜯어먹던 말, 그리고 뒤로 드리워진 숲의 거무스름한 그림자. 모든 것이 마치 한 폭의 그림 같았다. 앨리스는 한 손을 올려서 눈 위에 그늘을 만들고 나무에 기댄 채, 그 이상한 한 쌍을 지켜보며 꿈결인 듯 들려오는 우울한 노래에 귀를 기울이고 있었다.

'하지만 선율은 그가 직접 지어낸 것이 아니야.'

앨리스는 생각했다.

"이건 '나는 그대에게 모두 주었어요, 더 이상 줄 수가 없어요'라는 노래의 선율이야."

앨리스는 서서 열심히 귀를 기울였다. 그렇지만 눈물은 나오지 않았다.

"너에게 모든 것을 말해주마.
관계는 거의 없지만.
나는 늙고 늙은 남자를 만났지.

문 위에 앉아 있는.
'당신은 누구시죠, 노인이여?' 나는 물었네.
'어떻게 사셨죠?'
그리고 노인의 대답이 내 머릿속을 졸졸 흘렀네,
체 사이로 빠져버리는 물처럼.

노인은 말했네. '나는 찾아다녔지.
밀밭에서 자고 있는 나비들을.
양고기 파이 속에 그것들을 넣어서
거리에서 팔았지.
사람들에게 팔았어.' 그가 말했네.
'폭풍이 몰아치는 바다를 항해하는 사람들에게.
난 그렇게 먹고 산다네.
조금 들겠나, 어떤가?'

그러나 나는 수염을 초록색으로 물들일
생각을 하고 있었네.
그리고 늘 커다란 부채를 들고 다니는 거야.
사람들이 보지 못하게 말이지.
아무튼, 노인의 말에
대답할 말이 없어서,

나는 소리쳤네. '어떻게 사느냐고 물었잖소!'
  그리고 노인의 머리를 내리쳤네.

노인은 부드러운 목소리로 이야기를
  계속했네. '나는 내 길을 걸었소.
그러다가 산 속에서 시내를 만나면
  나무 껍질을 벗겨서 표시를 해놓았지.
나중에 사람들은 로랜드 머릿기름이라고 부르는 것을
  만들었어.
하지만 2펜스 반 페니가 고작이었지.
  내가 품삯으로 받은 것은.'

그러나 나는 좀더
  잘 먹고 살 궁리를 하고 있었네.
날마다 날마다
  조금씩 뚱뚱해지려고.
나는 노인을 좌우로 마구 흔들었네,
  노인의 얼굴이 파랗게 질릴 때까지.
'어떻게 사시는지 말해 달라고요.' 나는 소리쳤네,
  '하시는 일이 뭐냐고요!'

노인은 말했지. '나는 대구 눈을 찾아다녔지.
  히스 덤불 속에서.
그리고 조용한 밤이면 그것을
  조끼 단추 속에 집어넣었지.
하지만 금화를 받은 것도,
  은화를 받은 것도 아니라오.
고작해야 반 페니 동전 하나를 받았을 뿐.
  그걸로 아홉 개는 살 수 있다오.'

'때로는 버터 바른 롤빵을 찾으려고 땅을 팠지.
  게를 잡으려고 새를 잡는 끈끈이 가지를 놓기도 했지.
때로는 풀숲 우거진 언덕을 뒤졌지.
  이륜 마차의 바퀴를 찾으려고.
그게 내 사는 방식이야.' (노인은 윙크를 했네.)
  '난 그렇게 먹고산다네.
기꺼이 잔을 들지.
  자네의 건강을 위하여.'

나에겐 그때서야 그의 말이 들렸네, 막 나의 계획을
  완성했던 거야.
메나이 다리를 녹슬지 않게 하려면

포도주에 넣고 끓이면 되지.
나는 재산을 모은 방법에 대해서
말해주어서 무척 고맙다고 인사를 했네.
하지만 내 건강을 빌어준 것이
더욱 고마웠네.

그리고 이제, 어쩌다 손가락을
풀 속에 담그거나,
미친 듯이 오른쪽 발을
왼쪽 신발에 꾸겨넣거나,
발가락에 무척 무거운 물건을
떨어뜨리거나 할 때,
나는 운다네.
내가 한때 알았던 그 노인이 생각나서—
부드러운 얼굴, 느릿한 말투,
눈보다 하얀 머리카락,
꼭 까마귀 같은 얼굴,
재처럼 붉게 빛나던 두 눈,
슬픔을 잊으려는 듯,
앞뒤로 몸을 흔들며,
낮은 목소리로 중얼거렸지.

입 속 가득 빵을 문 것처럼,
들소처럼 콧김을 내뿜던—
오래전 그 여름 저녁
문 위에 앉아 있던 노인."

기사는 마지막 구절을 부르며, 고삐를 집어들고, 그들이 걸어왔던 길로 말머리를 돌렸다.

"이제 몇 미터만 가면 돼."

기사가 말했다.

"언덕을 내려가서 작은 개울을 건너. 그러면 너는 여왕이 되는 거야. 하지만 먼저 나를 배웅해주겠지?"

앨리스가 기사가 가리킨 방향으로 기대에 찬 눈길을 돌리자 기사는 덧붙였다.

"오래 걸리지는 않을 거야. 기다리다가 내가 저 모퉁이에 도착하면 손수건을 흔들어주겠지! 그럼 기운이 날 것 같거든."

"배웅해드리고말고요."

앨리스가 말했다.

"이렇게 멀리 바래다주셔서 고마워요. 그리고 그 노래요, 무척 좋았어요."

"그랬기를 바란다."

기사는 의아스러운 듯이 덧붙였다.

"그런데 너는 내가 생각했던 것만큼 울지는 않는구나."

두 사람은 악수를 했다. 그리고 기사는 말을 타고 천천히 숲 속으로 멀어져갔다.

"배웅하는 데 오래 걸리지는 않겠지."

앨리스는 기사의 뒷모습을 지켜보면서 중얼거렸다.

"또 넘어지네! 언제나 머리부터 떨어진담! 그렇지만 아주 쉽게 다시 올라타네. 저렇게 많은 물건들이 말에 매달려 있어서 그렇겠지."

계속 혼자 중얼거리면서, 앨리스는 어슬렁어슬렁 걷는 말과 한 번은 이쪽으로, 다음번엔 저쪽으로 굴러떨어지는 기사를 지켜보았다. 네 번인가 다섯 번을 굴러떨어진 후에야 기사는 모퉁이에 도착했고, 앨리스는 손수건을 흔들며 그의 모습이 보이지 않을 때까지 기다렸다.

"기운이 나는 데 보탬이 되면 좋을 텐데."

언덕으로 몸을 돌리며 앨리스가 말했다.

"자, 이제 마지막 개울이야! 그리고 여왕이 되는 거야! 정말 근사한걸!"

불과 몇 걸음만에 앨리스는 개울가에 섰다.

"드디어 여덟 번째 칸이다!"

앨리스는 소리치며 껑충 개울을 넘었다.

*　　　*　　　*　　　*
　　*　　　*　　　*
*　　　*　　　*　　　*

그리고 작은 꽃무리들이 여기저기 흩어져 있는 이끼처럼 부드러운 잔디밭 위에 쉬려고 벌렁 누웠다.

"아, 마침내 도착해서 너무나 기뻐! 그런데 내 머리에 이건 뭐지?"

앨리스는 깜짝 놀란 목소리로 소리치며 머리에 딱 맞는 매우 무거운 물건으로 두 손을 올렸다.

"어떻게 나도 모르는 사이에 이런 게 머리에 씌워져 있지?"

중얼거리며, 앨리스는 그것을 벗겨서 살펴보려고 무릎 위에 내려놓았다.

그것은 황금 왕관이었다.

제9장

여왕이 된 앨리스

Queen Alice

"와, 이거 정말 멋진걸!"

앨리스는 말했다.

"이렇게 빨리 여왕이 되리라고는 생각도 못했어. 음, 그럼 드릴 말씀이 있습니다, 폐하."

앨리스는 딱딱한 말투로 말했다. (앨리스는 자신을 나무라는 것을 좋아했다.)

"이렇게 풀밭에서 뒹굴거리시다뇨! 여왕은 위엄을 갖추어야만 해요, 잘 아시면서!"

그래서 앨리스는 일어나서 주위를 걸어다녔다. 처음에는 왕관이 떨어질까봐 고개를 빳빳이 세우고 걸었지만, 아무도 보는 사람이 없다고 깨닫자 긴장이 풀어졌다.

"내가 만일 진짜 여왕이라면."

앨리스는 다시 풀밭에 앉으며 말했다.

"곧 잘 적응할 수 있게 되겠지."

모든 일이 너무나 이상하게 벌어졌으므로 앨리스는 붉은 여왕과 하얀 여왕이 양쪽 옆에 붙어 앉아 있는 것을 발견했을 때도 조금도 놀라지 않았다. 그들이 어떻게 여기에 왔는지 무척이나 물어보고 싶었지만, 그건 예의 없는 질문이 될 것 같았다. 그렇지만 게임이 끝났는지 물어보는 것은 실례가 아니라고 생각했다.

"저, 죄송하지만……."

앨리스는 붉은 여왕을 조심스럽게 쳐다보며 입을 열었다.

"말을 걸 때나 말을 해!"

여왕이 날카롭게 앨리스의 말을 막았다.

"하지만 모든 사람들이 그 규칙에 복종하면."

앨리스는 언제나 작은 언쟁을 즐겼다.

"그래서 말을 걸 때만 말을 하고, 서로 먼저 말을 하기만 기다린다면 아무도 말을 하지 않을 거예요. 그러니까……."

"어리석기는!"

여왕이 소리쳤다.

"내 말을 이해하지 못하는구나, 얘야."

여기에서 여왕은 말을 끊고 얼굴을 찡그렸다. 그리고 잠깐 생각을 하더니 갑자기 대화의 주제를 바꾸었다.

"'내가 진짜 여왕이라면' 이라니, 그게 무슨 뜻이지? 무슨 권리로 스스로 여왕이라고 부르지? 너는 여왕이 아니야, 적절한 시험을 통과하기 전까지는 말이야. 그리고 시험은 빨리 시작하는 게 좋겠지."

"저는 '만일' 이라고 말했을 뿐이에요!"

가엾은 앨리스는 애처로운 목소리로 항변했다.

두 여왕은 서로 쳐다보았고, 붉은 여왕이 살짝 몸을 떨며 말했다.

"'만일' 이라고 말했을 뿐이라는데."

"하지만 얘는 단지 그 말만 한 게 아니라고!"

하얀 여왕이 두 손을 비틀어짜며 투덜거렸다.

"아유, 그것보다 훨씬 더 많은 말을 했다니까!"

"정말 그랬어?"

붉은 여왕이 앨리스에게 말했다.

"언제나 진실을 말해야 한단다. 말하기 전에 생각을 하고 말이야. 그후에 기록을 하는 거야."

"저는 그런 뜻이 아니고……."

앨리스는 설명을 하려고 했지만 붉은 여왕이 참지 못하고 끼어들었다.

"바로 그게 내가 설명하려는 거라고! 뜻 있는 말을 했어야지! 아무 뜻 없는 말을 하는 아이가 무슨 소용이 있겠니? 심지어 농담 속에도 뜻이 있어. 하물며 아이는 농담보다 훨씬 더 중요하지 않겠니? 부정하지는 못할걸. 어떤 수단을 써도 말이야."

"저는 수단을 써서 부정할 생각은 없어요."

"아무도 네가 그랬다고 말하지 않았어."

붉은 여왕이 말했다.

"네가 무슨 수를 써도 안 된다는 말을 한 거야."

"이 애는 무언가를 부정하고 싶은 거야. 부정하는 것이 무엇인지를 모를 뿐이지!"

하얀 여왕이 말했다.

"못되고 심술궂은 성질이지."

붉은 여왕이 말했다. 잠시 불편한 침묵이 흘렀다.

붉은 여왕이 침묵을 깼다. 붉은 여왕은 하얀 여왕에게 말했다.

"오늘 오후 앨리스가 여는 만찬에 당신을 초대하죠."

하얀 여왕은 희미하게 미소를 지으며 대꾸했다.

"그럼 나는 당신을 초대하죠."

"제가 여는 만찬이 있다니, 저는 전혀 몰랐어요."

앨리스가 말했다.

"하지만 제가 여는 만찬이 있다면, 당연히 제가 손님들을 초대해야 하잖아요."

"우리가 너에게 그렇게 할 수 있는 기회를 주지."

붉은 여왕이 말했다.

"하지만 너는 아직 예의범절을 많이 배우지 않았잖니?"

"예의는 수업 시간에 가르치지 않아요. 수업 시간에는 계산 같은 것을 배운다고요."

앨리스가 말했다.

"너 덧셈할 줄 아니?"

하얀 여왕이 물었다.

"1 더하기 1 더하기 1 더하기 1 더하기 1 더하기 1 더하기 1 더하기 1 더하기 1 더하기 1은 얼마지?"

"모르겠어요. 셈을 잊어버렸어요."

"그 애는 덧셈을 못 해."

붉은 여왕이 참견했다.

"빼기는 할 줄 아니? 8에서 9를 빼봐."

"8에서 9를 어떻게 빼요, 아시잖아요."

앨리스는 즉시 대답했다. 그리고 덧붙이려고 했다.

"하지만……."

"그 애는 뺄셈을 못 해."

하얀 여왕이 말했다.

"나눗셈은 할 줄 아니? 칼로 빵 한 덩이를 나누면, 뭐가 되지?"

"아마……."

앨리스가 말을 하려는데, 붉은 여왕이 앨리스 대신 대답했다.

"당연히 버터 바른 빵이 되지. 다른 뺄셈을 해보자. 개한테서 뼈다귀를 빼앗으면 무엇이 남아 있을까?"

앨리스는 곰곰이 생각했다.

"당연히 뼈다귀는 남아 있지 않을 거예요. 제가 뼈다귀를 가지면요. 그리고 개도 남아 있지 않을 거예요. 저를 물려고 달려올 테니까요. 그러면 당연히 저도 남아 있을 수가 없고요."

"그러면 너는 아무것도 남지 않는다고 생각하는구나!"

붉은 여왕이 말했다.

"저는 그게 답이라고 생각해요."

"틀렸어, 또."

붉은 여왕이 말했다.

"개의 성질은 남아 있어."

"하지만 제가 그걸 어떻게 알 수가……."

"자, 내 말을 잘 들어보라고!"

붉은 여왕이 큰 소리로 말했다.

"개는 화를 낼 거야, 그렇겠지?"

"그렇겠죠."

앨리스는 신중하게 대답했다.

"그럼 만일 개가 가버린다 해도 개의 성질은 남아 있을 거라고!"

붉은 여왕은 의기양양하게 설명을 했다.

앨리스는 되도록 엄숙하게 말했다.

"아마 각각 다른 길로 가겠죠."

하지만 앨리스는 마음속으로 이런 생각을 하지 않을 수가 없었다.

'우리가 지금 무슨 말도 안 되는 소리를 하고 있담!'

"이 애는 계산이라고는 아예 하지 못한다니까!"

두 여왕은 동시에 큰 소리로 외쳤다.

"여왕님들은 계산을 할 줄 아세요?"

앨리스가 갑자기 하얀 말의 여왕에게 고개를 돌리며 물었다. 지금까지 이렇게 많은 결점은 지적당해본 적이 없었다.

여왕은 한숨을 쉬며 두 눈을 감았다.

"난 덧셈은 할 줄 알아."

여왕은 말을 이었다.

"충분한 시간만 주어진다면 말이야. 하지만 아무리 해도 뺄셈은 하지 못하겠어."

"물론 네 이름의 철자는 알고 있겠지?"

붉은 여왕이 말했다.

"물론이죠."

앨리스가 말했다.

"나도 내 이름 철자는 알아."

하얀 여왕이 속삭였다.

"우리는 종종 함께 외우기도 한단다. 그리고 비밀인데, 나는 한 단어를 읽을 수도 있어! 근사하지 않니? 그렇지만 실망하지는 마. 너도 곧 그렇게 될 수 있을 거야."

여기에서 붉은 여왕이 다시 입을 열었다.

"생활에 유용한 상식들은 알고 있니?"

여왕은 질문했다.

"빵은 어떻게 만들지?"

"그거야 알고말고요!"

앨리스는 기쁘게 대답했다.

"밀가루flour를 적당량……."

"어디에서 꽃(flower, 밀가루와 꽃의 발음이 같아서 여왕이 꽃으로 들었다—옮긴이)을 꺾지?"

하얀 여왕이 물었다.

"정원에서 아니면 울타리에서?"

"어머나, 그건 꺾는 게 아니에요." (앨리스는 또 꽃을 밀가루로 들었다—옮긴이)

앨리스는 설명을 하려고 했다.

"그건 갈아서(ground, grind의 과거형—옮긴이)……."

"얼마나 넓은 땅ground에서?"

하얀 여왕이 말했다.

"대충 넘어가려고 하면 안 돼."

"그 애 머리를 식혀줘요!"

붉은 여왕이 초조하게 끼어들었다.

"그렇게 생각을 많이 했으니 열이 날 거야."

그들은 앉아서 잎이 무성한 나뭇가지로 앨리스에게 부채질을 하기 시작했다. 결국 머리카락이 마구 헝클어져서 앨리스가 그만해 달라고 부탁을 해야 할 정도였다.

"이젠 이 애 머리가 다시 괜찮아졌을 거야."

붉은 여왕이 말했다.

"다른 나라 말은 할 줄 아니? fiddle-de-de(시시하다)가 프랑스어로 뭐지?"

"fiddle-de-de는 영어가 아니에요."

앨리스는 엄숙하게 대답했다.

"누가 그런 말을 해?"

붉은 여왕이 말했다.

앨리스는 이번에는 곤란에서 벗어날 수 있는 있는 방법을 찾았다고 생각했다.

"'fiddle-de-de'가 어느 나라 말인지 말해주시면, 제가 프랑스어로 말을 해드리죠!"

앨리스는 의기양양하게 소리쳤다.

그러나 붉은 여왕은 꼿꼿하게 고개를 쳐들고 말했다.

"여왕은 결코 협상을 하지 않아."

'여왕이 결코 질문을 하지 않는다면 좋을 텐데.'

앨리스는 마음속으로 생각했다.

"싸우지 마."

하얀 여왕이 걱정스러운 목소리로 말했다.

"번개는 왜 치는 걸까?"

"번개가 치는 이유는……"

앨리스는 이번엔 자신이 있었으므로 매우 단호하게 말했다.

"천둥 때문이에요. 아니, 아니에요. 그 반대예요."

앨리스는 급히 자신의 말을 정정했다.

"바로잡기에는 너무 늦었어."

붉은 여왕이 말했다.

"일단 말했으면 그걸로 끝이야. 그리고 결과를 받아들여야만 해."

"그러니까 생각나는데."

고개를 숙이고 두 손을 쥐었다 폈다 하면서 하얀 말의 여왕이 말했다.

"지난 화요일에 폭풍이 쳤어. 지난 한 무리의 화요일들 중 한 화요일에 말이야."

앨리스는 어리둥절해졌다.

"우리나라에서는 하루는 한 번밖에 없어요."

붉은 여왕이 말했다.

"그건 살아가기에 형편없이 불편하겠구나. 여기에서는 한 번에 밤낮이 두세 번씩 있는 게 보통이야. 그리고 겨울 같은 때에는 한꺼번에 밤이 다섯 번 있기도 하지. 따듯하게 하려고 말이야."

"그럼 다섯 밤이 한 밤보다 더 따듯한가요?"

앨리스는 용기를 내어서 물었다.

"물론 다섯 배가 따듯하지."

"하지만 그렇다면 춥기도 다섯 배가 추울 텐데요."

"맞아!"

붉은 여왕이 소리쳤다.

"다섯 배 따듯하고 다섯 배 춥지. 내가 너보다 다섯 배 부자이고 다섯 배 영리한 것처럼 말이야!"

앨리스는 한숨을 쉬고 포기했다.

"꼭 답이 없는 수수께끼 같아!"

앨리스는 생각했다.

"험프티 덤프티도 그걸 보았지."

하얀 여왕이 혼잣말처럼 나지막히 말했다.

"코르크 마개 뽑이를 들고 문으로 와서……."

"그가 뭐하러 왔지?"

붉은 여왕이 말했다.

"들어오고 싶다고 말했어."

하얀 여왕이 말했다.

"하마를 찾고 있었거든. 그런데 우연히, 그날 아침에는 집 안에 하마가 없었어."

"평소에는 있나요?"

앨리스는 깜짝 놀라서 물었다.

"목요일에만."

여왕이 말했다.

"그가 왜 왔는지 알겠어요."

앨리스가 말했다.

"물고기를 벌주고 싶었을 거예요. 왜냐하면……."

여기에서 하얀 여왕이 다시 말을 하기 시작했다.

"그건 대단한 폭풍우였어. 너는 짐작도 못할 거야!" ("당연하지. 애가 어떻게 알겠어." 붉은 말의 여왕이 말했다.)

"지붕 한쪽이 날아가고, 천둥이 얼마나 많았는지 말이야. 천둥들이 데굴데굴 굴러서 방으로 들어왔어. 그리고 탁자니 뭐니 다 쓰러뜨리더라고. 어찌나 겁이 나던지, 내 이름도 기억이 나지 않더라니까!"

앨리스는 생각했다.

'나라면 그런 상황에서 결코 이름 따위를 기억하려고 애쓰지는 않을 거야. 도대체 왜 그런 쓸데없는 짓을 하지?'

하지만 앨리스는 가엾은 여왕의 기분이 상할까봐 생각을 소리내어 말하지는 않았다.

"폐하가 양해하렴."

붉은 여왕이 앨리스를 향해 말했다. 그리고 붉은 여왕은 하얀 여왕의 손을 잡고 부드럽게 어루만졌다.

"의도는 선해도 바보 같은 이야기를 할 수밖에 없단다. 일반 법규가 그래."

하얀 여왕은 조심스럽게 앨리스를 쳐다보았다. 무언가 친절한 말을 해야 한다고 생각하지만, 당장은 아무 말도 떠오르지 않는 것 같았다.

"하얀 여왕은 훌륭한 양육을 받지 못했단다. 하지만 얼마나 성격이 온순한지 놀랍지 뭐니! 머리를 쓰다듬어주렴. 무척 좋아하거든!"

하지만 앨리스는 감히 그럴 용기가 나지 않았다.

"작은 친절…… 종이에 머리카락을 싸…… 아주 놀라운 효과가……."

하얀 여왕은 깊이 한숨을 쉬고 앨리스의 어깨에 머리를 기댔다.

"너무 졸려!"

하얀 여왕이 웅얼거렸다.

"피곤한 거야, 가엾게도!"

붉은 여왕이 말했다.

"머리를 쓰다듬어줘, 잘 때 쓰는 모자도 빌려주고. 그리고 자장가를 불러줘."

"잠 잘 때 쓰는 모자가 없는데요."

첫번째 지시를 따르려다가, 앨리스가 말했다.

"그리고 자장가도 모르고요."

"그러면 내가 불러주어야 되겠군."

붉은 여왕이 말했다. 그리고 여왕은 자장가를 부르기 시작했다.

"자아-장 자아-장 아가씨, 앨리스의 무릎에 기대어서!
  만찬이 준비될 때까지, 낮잠을 잘 시간이네.
 만찬이 끝나면, 무도장으로 갈 거라네.
  붉은 여왕, 하얀 여왕, 앨리스, 그리고 모두들!"

"이제 가사를 알겠지?"

붉은 여왕은 앨리스의 다른 쪽 어깨에 머리를 기댔다.

"나에게도 똑같이 자장가를 불러줘. 나도 졸리거든."

두 여왕은 금세 깊이 잠이 들어서 코를 크게 골아댔다.

"어떻게 하지?"

앨리스는 무척 당황해서 주위를 둘러보았다. 첫번째 사람은 고개가 끄덕끄덕 돌아가고, 다른 사람은 어깨에서 굴러떨어져서, 앨리스의 무릎 위에 무거운 덩이처럼 얹혀져 있었기 때문이었다.

"두 명의 잠든 여왕을 한꺼번에 보살펴야 했던 사람은 아무도 없을 거야. 영국 역사를 모두 뒤져봐도 없을 거야. 있을 리가 없지. 한번에 여왕은 딱 한 명씩이니까 말이야. 일어나세요! 너무 무거워요!"

앨리스는 초조하게 계속 재촉했지만, 가벼운 코 고는 소리밖에 들을 수가 없었다.

코 고는 소리가 점점 더 멀어지더니, 점점 음악 소리처럼 들렸다. 결국 앨리스는 가사까지는 들을 수가 있었고, 열심히 노래에 귀를 기울이느라고 두 개의 커다란 머리들이 갑자기 무릎에서 사라졌는데도 알아차리지 못했다.

앨리스는 커다란 아치 모양의 문 앞에 서 있었다. 문 위에는 커다랗게 '앨리스 여왕' 이라고 쓰여 있었다. 그리고 문 양옆에는 초인종 손잡이가 달려 있었는데, 한쪽에는 '방문자용', 그리고 다른 한쪽에는 '하인용' 이라고 쓰여 있었다.

"노래가 끝날 때까지 기다려야지."

앨리스는 생각했다.

"그런 다음 초인종을 누를 거야. 그런데, 그런데 어느 쪽 초인종을 눌러야 하지?"

앨리스는 무척 당황해서 계속 중얼거렸다.

"나는 방문자도 아니고, 하인도 아니야. '여왕용' 이라고 쓰여 있는 초인종이 있어야 하는데."

바로 그때 문이 조금 열렸고, 긴 부리를 가진 생물이 고개를 내밀고 말했다.

"다음 한 주까지 입장 금지입니다!"

그리고 문이 다시 쾅 닫혔다.

앨리스는 오랫동안 문을 두드리고 초인종을 눌렀다. 그러나 아무 소용이 없었다. 그렇지만 마침내 나무 그늘에 앉아 있던 무척 늙은 개구리가 일어나서 절름거리며 천천히 앨리스에게로 걸어왔다. 개구리는 샛노란색 옷을 입고, 엄청나게 큰 장화를 신고 있었다.

"지금 뭐라는 거지?"

개구리가 쉰 목소리로 속삭였다.

앨리스는 누구든지 혼내줄 작정으로 뒤를 돌아보았다.

"문에서 응답해야 할 임무가 있는 하인은 어디 있지?"

앨리스는 화가 나서 소리쳤다.

"어느 문?"

개구리가 말했다.

앨리스는 느릿느릿한 개구리의 말투가 무척 신경에 거슬렸다.

"물론 이 문이지!"

개구리는 커다랗고 멍해 보이는 두 눈으로 잠깐 동안 문을 쳐다보았다. 그런 다음 개구리는 문 가까이 다가가서 칠이 벗겨지는지 알아보기라도 하려는 것처럼, 엄지손가락으로 문을 문질렀다.

"문에서 응답을 한다고?"

개구리가 말했다.

"뭘 물어보았는데?"

개구리의 목소리가 너무나 탁해서 앨리스는 개구리의 말을 알아듣기가 힘들었다.

"무슨 말인지 모르겠어."

앨리스가 말했다.

"나는 영어로 말하고 있어. 안 그래?"

개구리는 말을 이었다.

"아니면 네가 귀머거리인가? 문에 뭐라고 물어봤냐고?"

"아무것도 묻지 않았어!"

앨리스는 초조하게 말했다.

"그냥 계속 문을 두드리고 있었어."

"그렇게 해서는 안 돼, 그렇게 해서는……."

개구리는 중얼거렸다.

"성가시게 만들어야 하지."

그런 다음 개구리는 커다란 발로 문을 걷어찼다.

"그냥 내버려둬. 그럼 문도 너를 내버려둘 테니까."

개구리는 숨을 헐떡거리며 나무로 절름절름 걸어갔다.

그 순간 문이 활짝 열리고, 가늘게 떨리는 목소리가 부르는 노랫소리가 들렸다.

이것은 거울 나라에 전하는 앨리스의 말이라네.
"내 손에는 왕홀이 있고 내 머리에는 왕관이 있다네.
거울 나라의 생물들이여, 그대들이 누구든지
와서 붉은 여왕, 하얀 여왕, 그리고 나와 함께 만찬을 듭시다!"

이어서 수백 명의 목소리가 함께 합창을 했다.

"재빨리 잔들을 가득 채워라.

단추들과 겨를 탁자에 뿌려라.

커피에는 고양이들을, 차에는 쥐를 넣어라.

그리고 30 곱하기 3으로 앨리스 여왕을 환영하라."

그런 다음 왁자지껄하는 환호성이 들렸다. 앨리스는 마음속으로 생각했다.

'30 곱하기 3이면 90이네. 그런데 그걸 누가 세기는 할까?'

잠깐 동안 다시 침묵이 흘렀고, 처음의 그 떨리는 목소리가 다시 노래를 부르기 시작했다.

" '오, 거울 나라의 생물들이여', 앨리스가 말했다네.

'가까이들 와요!

나를 보는 것은 영광, 내 목소리를 듣는 것은 즐거움.

식사하고 차를 마시는 것은 은총이에요.

붉은 여왕, 하얀 여왕, 그리고 나와 함께!' "

다시 합창이 이어졌다.

"꿀과 잉크로 잔들을 가득 채워라.

즐겁게 마실 수 있는 것이면 무엇이든 좋죠.

재와 모래, 양털과 포도주를 섞어라.

그리고 90 곱하기 9로 앨리스 여왕을 환영하라."

"90 곱하기 9!" 앨리스는 절망적으로 반복했다.

"아, 저건 절대로 끝나지 않을 거야! 지금 그냥 들어가는 게 좋겠어."

앨리스는 안으로 들어갔다. 그리고 앨리스가 나타나는 순간 그곳은 쥐 죽은 듯이 고요해졌다.

앨리스는 널따란 방을 걸어가며, 초조하게 탁자를 살펴보았다. 오십 명쯤 되는 온갖 종류의 생물들이 앉아 있었다. 들짐승, 날짐승, 심지어 꽃들까지 섞여 있었다.

'초대받는 것을 기다리지 않고 알아서 와주어서 다행이야.'

앨리스는 생각했다.

'나는 초대할 손님들을 전혀 모르니 말이야!'

탁자의 상석에 의자 세 개가 비어 있었다. 붉은 여왕과 하얀 여왕이 이미 두 자리를 차지하고 있었고, 가운데 의자는 비어 있었다. 앨리스는 그 자리에 앉았다. 침묵이 상당히 신경 쓰였으므로, 앨리스는 누군가 말을 해주기를 바랐다.

마침내 붉은 여왕이 말을 하기 시작했다.

"수프하고 생선 요리는 지나갔어."

여왕은 말을 이었다.

"고기를 가져와!"

양고기 다리를 앨리스 앞에 놓았다. 앨리스는 큰 고깃덩이를 잘라본 적이 없었으므로, 심각하게 고깃덩이를 내려다보았다.

"수줍은가보구나. 내가 양고기 다리에게 너를 소개해줄게."

붉은 여왕이 말했다.

"앨리스, 양고기야. 그리고 양고기, 앨리스야."

양고기 다리가 접시에서 벌떡 일어나더니 앨리스에게 살짝 절을 했다. 앨리스는 무서워해야 하는지 웃어야 하는지 어리둥절한 상태로, 자신도 살짝 고개를 숙였다.

"잘라드릴까요?"

앨리스는 칼과 포크를 들고, 두 여왕을 번갈아 쳐다보며 물었다.

"말도 안 돼."

붉은 여왕이 단호하게 말했다.

"인사를 나눈 상대를 자르는 것은 예의가 아니야. 고기를 치워라!"

하인들이 고기를 가져가고, 그 자리에 커다란 건포도 푸딩을 내려놓았다.

"제발, 푸딩과는 인사하지 않게 해주세요."

앨리스는 다급하게 말했다.

"아니면 저녁 내내 아무것도 먹지 못하게 될 테니까요. 조금 드릴까요?"

그러나 붉은 여왕은 심술궂은 얼굴로 퉁명스럽게 말했다.

"푸딩아, 앨리스야. 그리고 앨리스, 푸딩이야. 푸딩을 치워라!"

하인들이 재빨리 푸딩을 치웠다. 어찌나 빨리 치우는지 앨리스가 미처 푸딩의 인사에 답례할 틈조차 없었다.

그렇지만 앨리스는 도대체 왜 붉은 여왕만 명령을 내리는지 알 수가 없었다. 그래서 시험삼아 크게 명령했다.

"하인! 푸딩을 도로 가져와!"

그러자 마치 요술처럼, 순식간에 푸딩이 다시 나타났다. 푸딩이 너무나 커서 앨리스는 양고기를 보았을 때처럼 수줍음을 느꼈다. 그렇지만 애써 수줍음을 억누르고, 한 조각 잘라서 붉은 여왕에게 건넸다.

"어쩌면 이렇게 무례할 수가!"

푸딩이 말했다.

"내가 너의 한 부분을 잘라내면 기분이 어떻겠어, 이 녀석아!"

푸딩의 목소리는 탁하고 지방이 많은 것처럼 들렸다. 앨리스는 뭐라고 대꾸할 말이 없었다. 그래서 가만히 앉아서 푸딩을 쳐다보기만 했다.

"말을 해야지."

붉은 여왕이 말했다.

"푸딩만 말을 하게 하다니, 너무하잖아!"

"나는 오늘 무척 많은 시를 들었어요."

앨리스는 입을 열었다. 자신이 말을 하기 시작한 순간, 침묵 속에서 모든 시선이 자신에게 쏠리는 것을 느끼자 조금 겁이 났다.

"그런데 매우 이상하게도, 모든 시가 생선과 관련이 있었어요. 여기 분들이 왜 그렇게 생선을 좋아하는지 아세요?"

앨리스는 붉은 여왕에게 물었는데, 붉은 여왕의 대답은 질문의 핵심에서 많이 벗어난 것이었다.

"생선이라면……."

여왕은 앨리스의 귀에 입을 바짝 갖다 대고 느릿느릿하고 엄숙하게 말했다.

"하얀 여왕이 재미있는 수수께끼를 안단다. 모두 시로 되어 있어. 모두 생선에 대한 것이고 말이야. 외워보라고 부탁할까?"

"붉은 여왕이 그렇게 말하다니 정말 친절하구나."

하얀 여왕이 앨리스의 다른 쪽 귀에 대고 비둘기가 구구하고 우는 듯한 목소리로 속삭였다.

"꽤 재미있을 거야! 내가 외워볼까?"

"부탁드려요."

앨리스는 매우 공손하게 대답했다.

하얀 여왕은 환히 웃으며 앨리스의 뺨을 어루만졌다. 그런 다음 시를 외우기 시작했다.

"'첫째, 물고기를 잡아야만 해.'
그건 쉽지. 아기라도 잡을 수가 있을 거야.
'다음엔, 물고기를 사야만 해.'
그건 쉽지. 1페니면 살 수가 있을 거야.

'이제 물고기를 요리할게!'
그건 쉽지, 1분도 걸리지 않을 거야.
'접시를 놓아줘!'
그건 쉽지, 이미 놓여 있거든.

'이리 가져와! 먹게!'
탁자에 접시를 놓는 건 쉽지.
'접시 뚜껑을 열어!'
아, 그건 너무 어려워서 할 수 없겠어!

아교처럼 꽉 붙어 있어.
접시 뚜껑을 꽉 붙들고 있어. 접시 가운데에서 어느 것이 더 쉬울까?
물고기의 접시 뚜껑을 여는 걸까,
수수께끼의 접시 뚜껑을 여는 걸까?"

"잠시 생각해보고 나서 대답하도록 해."

붉은 여왕이 말했다.

"그동안 우리는 너의 건강을 위해서 건배를 하지. 앨리스 여왕의 건강을 위해서!"

붉은 여왕은 목청껏 외쳤고, 손님들은 즉시 잔을 들어 마시기 시작했다. 그런데 그들은 매우 이상하게 마셨다. 어떤 손님들은 소등기처럼 잔을 머리에 쓰고, 얼굴로 흘러내리는 것을 빨아먹었다. 다른 손님들은 유리병을 엎고, 탁자 가장자리로 흘러내리는 포도주를 마셨다. 손님들 중 세 명(그들은 꼭 캥거루같이 생겼다)은 구운 양고기 접시로 기어들어가서 열심히 육수를 핥아먹기 시작했다.

'여물통 속에 들어간 돼지 같아!'

앨리스는 생각했다.

"짧게라도 고맙다는 연설을 해야 되는 거 아니니?"

붉은 여왕이 앨리스에게 얼굴을 찡그리며 말했다.

"우리가 너를 도와줄 거야."

조금 겁을 먹었지만 순순히 일어나는 앨리스에게 하얀 여왕이 속삭였다.

앨리스도 속삭이는 목소리로 대답했다.

"매우 고맙지만 혼자서도 잘 할 수 있어요."

"전혀 그렇지 못할걸."

붉은 여왕이 자신 있게 말했다. 그래서 앨리스는 공손하게 그 말을 따르려고 애를 썼다.

(“그리고 여왕들은 그렇게 밀어붙였어!” 나중에 언니에게 그 만찬에 대해서 이야기를 해주면서 앨리스는 그렇게 말했다. “그들은 날 납작하게 눌러버리고 싶어했어!”)

실제로 연설을 하는 동안 앨리스는 자리에 서 있기가 매우 힘들었다. 두 여왕이 양쪽에서 심하게 앨리스를 밀어붙였기 때문이었다. 그들은 앨리스를 공중으로 올려버릴 기세였다.

“나는 고맙다는 인사를 하려고 일어났습니다.”

앨리스는 연설을 시작했다. 그리고 앨리스는 말을 하면서 진짜로 몇 센티미터 위로 올라갔다. 그러나 탁자 가장자리를 붙들고 있었으므로 다시 아래로 내려올 수가 있었다.

“조심해!”

하얀 여왕이 두 손으로 앨리스의 머리카락을 꽉 움켜쥐고 소리를 질렀다.

“무슨 일이 벌어지려고 해!”

뒤이어 (앨리스가 나중에 묘사한 바에 따르면) 순식간에 갖가지 일들이 벌어졌다. 촛불들은 모두 천장까지 자라서 꼭대기에서 불꽃놀이를 벌이는 골풀밭처럼 보였다. 포도주병들은 접시 한 쌍을 급히 날개처럼 달고, 다리처럼 포크를 매달고 푸득푸득 사방으로 날아다녔다.

‘정말 새처럼 보이네.’

혼란스러운 변화를 지켜보면서 앨리스는 생각했다.

바로 그때 앨리스는 옆에서 나는 거친 웃음소리를 듣고, 하얀 여왕에게 무슨 일이 있는지 알아보려고 고개를 돌렸다. 그러나 그 자리에는 하얀 여왕 대신 양고기 다리가 있었다.

"나 여기 있어!"

수프 그릇에서 외치는 소리가 들렸다. 앨리스는 다시 아래를 내려다보았다. 여왕의 넓적하고 온순한 얼굴이 수프 그릇 가장자리에서 미소를 짓는다 싶은 순간, 여왕은 수프 그릇 속으로 사라졌다.

꾸물거릴 시간이 없었다. 이미 여러 명의 손님들이 접시 속에 누워 있었고, 수프 국자는 탁자 위에서 앨리스를 향해서 걸어오며, 길을 비키라고 요구하고 있었다.

"더 이상 못 참겠어!"

앨리스는 벌떡 일어나서 탁자보를 두 손으로 움켜쥐었다. 그리고 힘껏 탁자보를 잡아당겼다. 접시들, 식기들, 손님들, 그리고 양초들이 마룻바닥 위로 와장창 쏟아져내렸다.

"그리고 너!"

앨리스는 이 모든 혼란을 주도한 장본인으로 의심되는 붉은 여왕을 화난 얼굴로 노려보았다. 그러나 붉은 여왕은 이미 옆에 있지 않았다. 여왕은 갑자기 작은 인형만 한 크기로 작아졌고, 이제는 탁자 위에서 자기 어깨에 걸쳐져 있는 망토 끝을 즐거운 얼굴로 빙글빙글 쫓아다니고 있었다.

다른 때 같았으면, 이런 광경을 보고 무척 놀랐을 테지만, 지금 앨리스는 너무나 흥분해서 아무것에도 놀라지 않았다.

"너!"

앨리스는 막 탁자 위에 쓰러진 포도주병을 폴짝 뛰어넘으려는 조그만 여왕을 움켜잡고 소리쳤다.

"널 흔들어서 고양이로 만들어버릴 거야, 두고봐!"

제10장

흔들림

Shaking

앨리스는 붉은 여왕을 집어들고 있는 힘껏 앞뒤로 흔들었다.

붉은 여왕은 아무 저항도 하지 않았다. 다만 얼굴이 점점 더 작아지는 대신 눈은 점점 더 커지면서 초록색으로 변했다. 그러거나 말거나, 앨리스는 계속 붉은 여왕을 흔들어댔고, 붉은 여왕은 점점 더 작아지고—점점 더 통통해지고—점점 더 부드러워지고—점점 더 둥글게 부풀고—그리고—.

제 11 장

깨어남

Waking

그것은 정말로, 진짜
새끼고양이였다.

제 12 장

누가 꾼 꿈이었을까?

Which Dreamed It?

"붉은 여왕 폐하, 그렇게 크게 가르랑거리지 마세요."

앨리스는 두 눈을 비비며 공손하게, 그렇지만 아직 조금 냉정한 목소리로 새끼고양이에게 말했다.

"네가 나를 깨웠구나! 정말 멋진 꿈이었는데! 그런데 키티, 네가 계속 나와 함께 있었어. 거울 나라에서 내내 같이 말이야. 알겠니?"

(앨리스가 한 번 불평을 한 적도 있는데) 무슨 말을 하든지 가르랑거리는 것은 고양이들이 가진 매우 불편한 습성이었다.

"고양이들이 '예' 라고 할 때는 가르랑거리고 '아니요' 라고 할 때는 야옹거리면 대화를 할 수가 있을 텐데!"

앨리스는 중얼거렸다.

"도대체 언제나 같은 말만 하는 사람하고 어떻게 대화를 할 수가 있담?"

이번에도 새끼고양이는 가르랑거리기만 했다. 그리고 그 소리가 '예' 인지 '아니요' 인지 분간하기는 불가능했다.

그래서 앨리스는 탁자 위에 있는 체스 말들 사이를 뒤적거려서 붉은 여왕을 찾아냈다. 그런 다음 난로 깔개 위에 무릎을 꿇고 앉아서, 새끼고양이와 붉은 여왕을 번갈아 쳐다보았다.

"자, 키티!"

앨리스는 의기양양하게 손뼉을 치며 소리쳤다.

"이제 네가 뭘로 변신했었는지 고백하지그래!"

("그런데 키티는 쳐다보지를 않는 거야." 앨리스는 나중에 언니에게 그때 상황을 이렇게 설명했다. "고개를 외면하고 못 본 척하지 뭐야. 하지만 조금 부끄러워하는 것 같았어. 그래서 난 키티가 붉은 여왕이 틀림없다고 생각하게 됐어.")

"좀 똑바로 앉아, 키티야."

앨리스는 즐겁게 웃으며 말했다.

"그리고 가르랑거릴 땐 절을 해야지. 그게 시간을 절약하는 거야, 잘 기억해둬!"

앨리스는 고양이를 안고 살짝 입을 맞추었다.

"붉은 여왕이 되었던 기념이야."

"스노드롭!"

앨리스는 고개를 돌려서 어깨너머로 아직도 얌전하게 세수를 계속하고 있는 하얀 고양이를 쳐다보며 말했다.

"언제 다이나가 하얀 여왕님의 세수를 끝마쳐줄까? 내 꿈속에 네가 그렇게 지저분하게 나온 것도 당연해. 다이나! 네가 하얀 여왕님을 비벼대고 있다는 걸 아니? 정말 무례하구나!"

"그런데 다이나는 뭘로 변신했었을까?"

한쪽 팔꿈치를 양탄자에 대고 한 손으로 턱을 고인 편안한 자세로 새끼고양이들을 쳐다보면서 앨리스는 계속 재잘거렸다.

"말해봐, 다이나. 너 험프티 덤프티로 변신했었니? 내 생각엔 그랬을 것 같은데. 그렇지만 네 친구들에게는 아직 아무 말도 하지 않는 게 좋을 거야. 확실한 건 아니니까 말이야."

"그런데 키티야, 네가 꿈속에 계속 나와 있었다면 좋아했을 만한 일이 한 가지 있었어. 굉장히 많은 시를 들었는데, 모두 물고기에 대한 시였단다! 내일 아침에 넌 진짜 생선을 먹게 될 거야. 네가 아침을 먹을 때마다 내가 「해마와 목수」를 외워줄게. 그러면 굴을 먹는 것처럼 생각될 거야, 그렇지!"

"자, 키티야. 이제 누가 그 꿈을 다 꾼 것인지 생각해보자. 이건 심각한 문제야, 앞발 핥지 말고……, 다이나가 오늘 아침에 다 닦아주지 않았니! 자, 키티야, 꿈을 꾼 건 나 아니면 붉은 왕이 분명해. 물론 붉은 왕은 내 꿈에 나왔었지. 하지만 나도 붉은 왕의 꿈에 나왔단 말이야! 그게 붉은 왕이 꾼 꿈이었을까, 키티? 너는 붉은 왕의 부인이었으니까, 알고 있겠지. 아, 키티야, 좀 알려주렴! 앞발 핥는 건 나중에 해도 되잖니!"

그러나 새침떼기 새끼고양이는 다른 쪽 앞발을 핥기 시작할 뿐, 앨리스의 말을 못 들은 척했다.

도대체 그건 누가 꾼 꿈이었을까?

배 한 척, 햇빛 환한 하늘 아래로
꿈결처럼, 느릿느릿 흘러가네.
7월의 어느 저녁에.

편안하게 앉은 어린아이 세 명
초롱초롱한 눈으로 짧은 이야기에
귀를 기울이네, 즐거이.

햇빛 나던 하늘은 창백해지고
메아리는 희미해지고 기억은 지워지고
가을 서리는 7월을 살해했네.

여전히 그녀는 나를 따라다니지, 유령처럼.
앨리스는 하늘 아래 움직이고
지켜보는 이 아무도 없네.

하지만 아이들은 이야기에 귀를 기울이지.
초롱초롱한 눈으로
사랑스럽게 편안히 앉아 있네.

그들은 이상한 나라에 누워

해가 지도록 꿈을 꾸고

여름이 다 가도록 꿈을 꾸네.

물결을 따라 두둥실-

황금빛 햇살 아래 유유히 흘러가네.

삶이란, 한낱 꿈에 불과한 것일까?

거울 나라의 앨리스

지은이 | 루이스 캐럴
옮긴이 | 최인자
펴낸이 | 양숙진

초판 1쇄 펴낸날 | 2011년 11월 30일

펴낸곳 | ㈜현대문학
등록번호 | 제1-452호
주소 | 137-905 서울시 서초구 잠원동 41-10
전화 | 2017-0280
팩스 | 516-5433
홈페이지 www.hdmh.co.kr

ISBN 978-89-7275-568-5 04840
ISBN 978-89-7275-563-0 (세트)

* 책값은 뒤표지에 있습니다.